CW01209659

MES MAÎTRES DE BONHEUR

Né en 1960, normalien et docteur en philosophie, Eric-Emmanuel Schmitt s'est d'abord fait connaître en tant que dramaturge avec *Le Visiteur*, devenu un classique du répertoire théâtral international. Plébiscitées tant par le public que par la critique, ses pièces ont été récompensées par plusieurs Molière et le Grand prix du théâtre de l'Académie française. Son théâtre, qu'il met parfois en scène lui-même, est traduit dans plus de quarante langues et désormais joué dans le monde entier. Sa carrière de romancier, initiée par *La Secte des Égoïstes*, s'est poursuivie avec *L'Évangile selon Pilate*, *La Part de l'autre*, *Lorsque j'étais une œuvre d'art*, *Ulysse from Bagdad*, *La Femme au miroir*, *Les Perroquets de la place d'Arezzo*. Il pratique l'art de la nouvelle avec bonheur : *Odette Toulemonde*, *La Rêveuse d'Ostende*, *Concerto à la mémoire d'un ange* (prix Goncourt de la nouvelle 2010), *Les Deux Messieurs de Bruxelles*. Son Cycle de l'invisible (*Milarepa*, *Monsieur Ibrahim et les fleurs du Coran*, *Oscar et la dame rose*, *L'Enfant de Noé*, *Le sumo qui ne pouvait pas grossir*, *Les dix enfants que madame Ming n'a jamais eus*) a remporté un immense succès en France et à l'étranger. En 2006, il écrit et réalise son premier film, *Odette Toulemonde*, suivi, en 2009, de sa propre adaptation d'*Oscar et la dame rose*. Mélomane, Eric-Emmanuel Schmitt est aussi l'auteur de *Ma vie avec Mozart* et *Quand je pense que Beethoven est mort alors que tant de cretins vivent*. En 2015, il publie un récit autobiographique, *La Nuit de feu*. Il a été élu à l'académie Goncourt en janvier 2016.

Paru au Livre de Poche :

Concerto à la mémoire d'un ange
Les Deux Messieurs de Bruxelles
Les dix enfants que madame Ming n'a jamais eus
L'Élixir d'amour
L'Enfant de Noé
L'Évangile selon Pilate *suivi du* Journal d'un roman volé
La Femme au miroir
Georges et Georges
Lorsque j'étais une œuvre d'art
Milarepa
Monsieur Ibrahim et les fleurs du Coran
La Nuit de feu
Odette Toulemonde *et autres histoires*
La Part de l'autre
Les Perroquets de la place d'Arezzo
Le Poison d'amour
La Rêveuse d'Ostende
La Secte des Égoïstes
Si on recommençait
Le sumo qui ne pouvait pas grossir
Théâtre 1
La Nuit de Valognes/Le Visiteur/Le Bâillon/L'École du diable
Théâtre 2
Golden Joe/Variations énigmatiques/Le Libertin
Théâtre 3
Frédérick ou le boulevard du Crime/ Petits crimes conjugaux/Hôtel des deux mondes
Théâtre 4
La Tectonique des sentiments / Kiki van Beethoven / Un homme trop facile / The Guitrys / La Trahison d'Einstein
Ulysse From bagdad

ERIC-EMMANUEL SCHMITT
de l'académie Goncourt

Mes maîtres de bonheur

Ma vie avec Mozart

Quand je pense que Beethoven est mort
alors que tant de crétins vivent…

Le Mystère Bizet

ALBIN MICHEL

© Éditions Albin Michel, 2005, pour *Ma vie avec Mozart*.
© Éditions Albin Michel, 2010, pour *Quand je pense que Beethoven est mort alors que tant de crétins vivent…*
© Librairie Générale Française, 2017, pour *Le Mystère Bizet*.
ISBN : 978-2-253-07340-6 – 1re publication LGF

Préface

Un jour de mars 1960, ma mère mit au monde un couple de jumeaux auquel j'appartenais. D'après les astrologues qu'elle avait consultés, l'un était destiné à devenir écrivain, l'autre musicien. Elle appela donc Eric celui qui manipulerait les mots, Emmanuel celui qui agencerait les notes. Or, un dimanche, au bord du Rhône, par un hasard tragique, l'un d'eux se noya.

On ne sut jamais lequel…

Par prudence, mes parents rebaptisèrent le rescapé Eric-Emmanuel. Moi… Du coup, je ne détiens pas de certitude sur ma vocation. Aujourd'hui encore, je m'interroge : si la littérature représente mon art et la musique ma passion, me suis-je trompé ? Ai-je endossé mon destin ? Ou celui de mon frère ?

Dimanche dernier, ma sœur aînée m'a demandé de ne plus aborder ce sujet, prétendant que je divaguais – elle assure qu'elle m'a vu arriver seul au monde.

Bien sûr que cette histoire n'est pas véridique, mais elle est tellement vraie…

J'aime la musique davantage qu'elle ne m'aime. Me rêvant compositeur, j'aurais voulu lui faire des enfants, valses, menuets, mazurkas, symphonies, concertos, mais elle m'a repoussé puis acculé au rôle de pianiste ou d'auditeur, me condamnant à ne l'approcher qu'avec mes doigts ou mes oreilles, pas davantage.

Je ne le lui reproche plus. En me signalant que je ne croulais pas sous l'imagination musicale, elle m'a révélé à moi-même et m'a indiqué combien ma créativité littéraire florissait par contraste avec mes rachitiques idées de morceaux. « Deviens ce que tu es lorsque tu en auras pris conscience », conseillait le poète grec Pindare. Deviens ce que tu es, pas ce que tu veux être. Triste ? Non, car Pindare dit « Deviens », pas « Demeure ». Mes tentatives médiocres et infructueuses de compositeur m'ont confirmé que j'étais Eric plutôt qu'Emmanuel, l'écrivain plutôt que le musicien.

Cependant, la musique joue un rôle fondamental dans ma vie, comme dans celle de millions d'humains. Si mon corps respire grâce à ses poumons, mon âme respire grâce à la musique, laquelle s'infiltre au plus profond de moi, dans l'intime, là où mes sentiments palpitent, là où mon esprit a soif, là où je ne fabule plus parce que les mots ont disparu ; elle me console, me régénère, me galvanise, me donne l'extase, m'offre des larmes quand je m'assèche, de l'entrain lorsque je m'étiole, de l'étonnement, de l'émerveillement. Les grands musiciens sont davantage que des musiciens : ils guident, trient, conseillent, aidant nos personnalités errantes à devenir meilleures et plus heureuses.

Dans mon chemin vers la sagesse, je dois autant aux musiciens qu'aux philosophes. Mieux, je les considère comme des « philosophes sans mots », forts, péremptoires, capables d'inspirer spontanément nos pensées, de modifier nos frontières mentales, d'ouvrir des perspectives, de nous initier à des idées nouvelles. Vous le constaterez dans ce volume, Mozart fut mon professeur de bonheur, Beethoven mon maître de joie. Un jour, je narrerai aussi comment ma foi fut éclairée par Bach et ma solitude enchantée par Schubert.

Là réside la singularité de mes écrits sur la musique. Je n'interviens ni en musicologue – il y en a des dizaines bien meilleurs que moi – ni en historien, je narre les secousses spirituelles provoquées par la musique au cours d'une existence. Je formule ce qu'elle nous souffle.

Finalement, si je ne laisse aucune partition sur terre, j'aurai quand même composé un chant, constitué de mots et de phrases : un chant de remerciement aux musiciens.

Eric-Emmanuel Schmitt
Juin 2017

MA VIE AVEC MOZART

C'est lui qui a commencé notre correspondance.

Un jour, pendant l'année de mes quinze ans, il m'a envoyé une musique. Elle a modifié ma vie. Mieux : elle m'a gardé en vie. Sans elle, je serais mort.

Depuis, je lui écris souvent, petits mots griffonnés au coin d'une table pendant l'élaboration d'un livre, ou longues missives rédigées la nuit lorsqu'un ciel dépourvu d'étoiles pèse au-dessus de la ville orangée.

Quand ça lui chante, il me répond, lors d'un concert, dans le hall d'un aéroport, au coin d'une rue, toujours surprenant, toujours fulgurant.

Voici l'essentiel de nos échanges : mes lettres, ses morceaux. Mozart s'exprime en sons, je compose des textes. Plus que maître de musique, il est devenu pour moi un maître de sagesse, m'enseignant des choses si rares, l'émerveillement, la douceur, la sérénité, la joie...

Peut-on parler d'une amitié ? Dans mon cas, il s'agit d'un amour doublé de reconnaissance.

Quant à lui...

À quinze ans, j'étais fatigué de vivre. Sans doute faut-il être si jeune pour se sentir si vieux…

Privé de cette main qui m'a retenu, je me serais laissé glisser jusqu'au suicide, cette mort qui me tentait, séduisante, apaisante, trappe dérobée où j'aspirais à m'enfourner avec discrétion afin de mettre un terme à ma douleur.

De quoi souffre-t-on à quinze ans ?

De ça, justement : d'avoir quinze ans. De ne plus être un enfant et pas encore un homme. De nager au milieu du fleuve, une rive quittée, l'autre non rejointe, buvant la tasse, coulant, remontant, luttant contre les tourments du courant avec un corps nouveau qui n'a pas fait ses preuves, seul, suffoqué.

Violents, mes quinze ans, rudes. La réalité frappe, entre, s'installe et trucide les illusions. Gamin, je pouvais me rêver mille destinées – aviateur, policier, prestidigitateur, pompier, vétérinaire, garagiste, prince d'Angleterre –, m'imaginer de nombreuses apparences – grand, fin, trapu, musclé, élégant –, me doter de talents variés – les mathématiques, la musique, la danse, la peinture, le bricolage –, m'attribuer le don des langues, la facilité pour le sport, l'art de la séduction, bref, je pouvais me déployer dans tous les sens puisque je n'avais pas encore de réalité. Qu'il était beau, l'univers, tant qu'il n'était pas vrai... Quinze ans, voilà que mon champ d'action se rétrécissait, les possibles tombaient comme des soldats à la guerre, mes rêves aussi. Charnier. Massacre. Je marchais dans un cimetière de songes.

Déjà un corps se dessinait : le mien. Le miroir me permettait d'en suivre, atterré, la prolifération. Des poils... Quelle idée idiote ! Sur moi, un ancien bébé à la peau glabre, douce... Qui a suggéré ça ? Des fesses... Est-ce qu'elles ne sont pas trop grosses ? Un sexe... Est-il joli ? Est-il normal ? Des mains fermes et longues que ma mère appelle « des mains de pianiste » et mon père des « mains d'étrangleur »... Mettez-vous d'accord ! Des pieds immenses... Enfermé dans la salle de bains, laissant couler des litres d'eau de manière à persuader chacun que je me lavais, je passais des heures à contempler la catastrophe qui s'affirmait sur la glace : voilà ton corps, mon gars, habitue-toi, même s'il te semble incongru mémorise-le, tu n'auras que celui-là pour réaliser tout ce qu'un homme doit accomplir, courir, séduire, embrasser, aimer... Est-ce qu'il suffira ? Plus je le scrutais, plus retentissait un doute légitime : étais-je équipé du bon matériel ?

Mon esprit également se laissait envahir par des sensations inconnues... L'obsession de la mort me gagna. Je ne parle pas de cette terreur que j'avais éprouvée parfois, le soir, entre les draps, lorsque les autres s'étaient endormis, et qui me rasseyait dans la pénombre, les doigts accrochés aux barreaux froids du lit, parce que j'avais soudain soupçonné que je mourrais, non, je n'évoque pas cet effroi bref, dissipé par la première lampe allumée, mais un malaise constant, pesant, essentiel, une douleur chronique.

Alors que mes testicules et mes muscles se remplissaient d'une force récente, alors que mon corps devenait celui tout neuf d'un très jeune homme, je débusquais dans cet aboutissement un indice funeste : ce corps serait aussi celui qu'on enterrerait un jour. Mon cadavre se précisait. J'avançais vers ma fin. Puisque nous marchions vers la mort, mes pas creusaient ma tombe. Ne se contentant pas de se trouver au bout du chemin, elle en paraissait le but.

Je crus avoir pénétré le sens de la vie : la mort.

Si la mort s'avérait le sens de la vie, alors la vie n'avait plus de sens. Si nous nous réduisions à une agitation momentanée de molécules, à un groupement éphémère d'atomes, à quoi bon exister ? Pourquoi la valoriser, cette vie sans valeur ? Pourquoi la conserver, cette vie dépourvue de vie ?

L'univers, aplati en trompe-l'œil, avait perdu son charme, ses couleurs, ses saveurs. Je venais d'inventer le nihilisme, m'initiant seul à cette religion néant. Le quotidien s'était vidé de sa réalité : je n'apercevais plus que des ombres. Un corps de chair ? Une illusion... Une bouche aux dents blanches qui me sourit ? De la future poussière... Mes camarades bruyants et chahuteurs ? Des cadavres à la peau fine : je devinais leur squelette en dessous, plus rien n'arrêtait ma radiographie morbide du monde, je décelais un crâne et ses mâchoires derrière le visage de la fille la plus dodue. Même les cheveux me dégoûtaient, ces serpents secs,

Ma vie avec Mozart

obscènes, depuis que j'avais appris qu'ils avaient leur durée propre, plus longue que la nôtre, car ils continuent à pousser sous le couvercle du cercueil.

La vie, cette farce provisoire, inutile, je souhaitais la quitter.

Je me jetai dans le désespoir avec la vigueur de mes quinze ans. Fièvres, tremblements, palpitations, asphyxies, malaises, évanouissements, toutes les possibilités que mon corps avait de fuir, il me les fournissait.

Arriva le moment où, passant trop d'heures à l'infirmerie, je ne parvins plus à suivre mes cours et l'administration du lycée alerta ma famille.

Mes parents m'emmenèrent consulter des médecins : dès que j'en rencontrais un, je guérissais très vite afin de me protéger d'une inquisition. Ils voulurent dialoguer : pas un mot ne sortit de mes lèvres.

Personne ne comprenait ce qui m'arrivait. Lorsqu'on m'interrogeait, je me tassais dans mon silence car j'avais l'impression de porter le fardeau de l'initié : si j'avais percé les arcanes de nos jours, si j'avais conscience – moi seul, semblait-il – que cet univers était gangrené par la mort, tout n'y étant qu'apparences instables, pourquoi révéler ce secret ? Tant que ces innocents ne s'en rendaient pas compte, quel bénéfice à leur ouvrir les yeux ? Dans le but qu'ils souffrent ce que je souffre ? Je n'aurais pas cette cruauté... Sacrificiel, je gardais mes terribles lumières pour moi, ne tenant pas à ce que la vérité devînt contagieuse... Je préférais que chacun crût que l'existence était digne, bien que je sache l'inverse... Armé de lucidité, je me comportais en martyr du nihilisme : pas question de dévoiler à qui que ce soit l'insignifiance absolue. Lorsqu'on habite le désespoir, ce bidonville de l'esprit, on n'envie pas ceux qui occupent les beaux quartiers, on les oublie ou on estime qu'ils logent sur une planète différente.

Mais on ne meurt pas de fièvre, même si l'on grimpe à quarante degrés en quelques minutes ; on ne meurt pas non plus de transpiration, quelle que soit l'angoisse…

Puisque mon corps refusait de m'aider, je devais l'aider à disparaître.

Je songeai sérieusement au suicide.

Pendant les longues heures que je passais à prendre des bains, j'avais choisi ma méthode : ce serait celle de Sénèque. J'en réglais le cérémonial. Allongé dans la baignoire, protégé par l'épaisse mousse, je m'ouvrirais les veines avec un couteau bien effilé et mon sang me quitterait avec douceur, allant noyer ma vie au milieu des eaux bleues. Une mort sans douleur pour me retirer d'une terre de douleurs. N'ayant pas fait l'amour, j'imaginais ce moment comme un évanouissement sensuel, telle l'étreinte de Dracula, ce baiser de vampire qui met les femmes en pâmoison, un soulagement subtil…

Cependant, l'idée d'être retrouvé nu me gênait. Ce corps, ce corps d'homme inédit qui venait de me pousser, ce corps intact que personne n'avait encore jamais vu, ni tenu dans ses bras, ni embrassé, je ne souhaitais pas qu'on le découvrît ni qu'on le manipulât. Ma pudeur différa un temps l'exécution de mon projet.

Néanmoins, je me sentais si mal que, sûrement, cet obstacle pudibond allait bientôt céder pour laisser approcher l'instant de ma délivrance…

Dans cet état, j'assistai une après-midi aux répétitions à l'opéra de Lyon. Notre professeur de musique avait obtenu que ses meilleurs élèves bénéficient de ce privilège.

En entrant dans la salle, je ne remarquai d'abord que le délabrement des sièges, la poussière qui panait le velours, l'humidité qui décollait les papiers et cloquait les peintures. Ce vieux théâtre moisi qui venait de traverser un siècle sans rénovations me sembla conforme à ma vision du cosmos puisque, en tout, je ne relevais que la pourriture.

Le travail s'amorça. De la fosse, un piano accompagnait les chanteurs que malmenaient un metteur en scène et sa nuée d'assistants. Ça gueulait. Ça reprenait. Ça critiquait. Le spectacle s'ébauchait laborieusement. Je m'ennuyais sans excès. De toute façon, rien ne m'intéressait.

Une femme débarqua sur les planches. Trop grosse. Trop maquillée. Trop gauche. Affolée, telle une baleine égarée sur le sable, elle craignait de se mouvoir en scène.

— Va de la fenêtre à la coiffeuse puis reviens vers le lit.

Au fur et à mesure qu'on lui criait ses déplacements, elle hésitait, se reprenait, cherchait dans le décor un appui qu'elle ne trouvait pas, perdait encore en assurance, continuant à courir après une grâce et une aisance inaccessibles.

Son costume ne contribuait guère à la mettre à l'aise : on avait l'impression qu'en entrant elle s'était par mégarde enroulé les doubles rideaux autour d'elle, des étoffes lourdes et rêches, le tout composant un paquet qu'une ceinture terminait dans le dos en un nœud énorme, disproportionné ; moi, j'aurais pu me confectionner une barque avec ce nœud, un lit, une banquette...

Ses petites mains potelées, ses mouvements raides, son costume empesé, son fond de teint laqué, sa perruque figée aux boucles vernissées, chaque détail la transformait en une immense poupée pathétique.

— Merci, maintenant on passe au chant, dit le metteur en scène épuisé.

La femme se mit à chanter.

① *Les Noces de Figaro Acte III Air de la Comtesse*

Et là, subitement, tout bascula. Soudain, la femme était devenue belle. De son étroite bouche sortait une voix claire, lumineuse qui emplissait l'immense théâtre aux fauteuils vides, montant jusqu'aux galeries obscures, planant au-dessus de nous, aérienne, portée par un souffle inépuisable.

Immobile, rayonnante, la cantatrice laissait son chant vibrer dans son corps muté sous nos yeux en instrument de chair. Ce qui donnait à son timbre cette rondeur, ce miel, c'était sa poitrine palpitante, ses épaules douces, ses joues molles, son flanc superbe, sa taille large, matricielle, qui devait fournir des enfants aussi magnifiques que ses sons.

Le temps s'était arrêté.

En face de la femme la plus féminine qui soit, je demeurais fasciné, suspendu à son chant, me laissant envelopper par lui, rouler, retourner, emmener, caresser... Je n'étais plus que cette respiration, sa respiration, au plus près de ses lèvres, collé à ses hanches. Elle faisait de moi ce qu'elle voulait. Je consentais, heureux.

Dove sono i bei momenti
Di dolcezza e di piacer...

Comprenais-je les paroles ? Elles faisaient allusion au bonheur, bonheur dont j'avais oublié le secret ; elles rappelaient un moment de douceur que les amants avaient connu, un plaisir qui n'était plus. Mais en évoquant un paradis perdu, la chanteuse rendait le paradis présent.

À travers la musique, nous faisions l'amour.

Ma force renaissait. Et l'émerveillement. Oui, déferlait dans la salle la beauté, toute la beauté du monde ; elle m'était offerte, là, devant moi.

Lorsque la soprano s'arrêta, il y eut un silence presque aussi émouvant que le chant, un silence qui, certainement, était encore de Mozart...

De la suite, je ne me souviens pas.

Ce qui me revient, c'est qu'à cet instant je fus guéri.

Adieu, désespoir ! Adieu, dépression ! Je voulais vivre. S'il y avait des choses si précieuses, si pleines et si intenses dans le monde, l'existence m'attirait.

Comme preuve de ma convalescence, j'éprouvai de l'impatience.

« Quand pourrai-je réentendre ce morceau ? Je dois convaincre mes parents de nous acheter des places. »

Et puis, deuxième signe de santé, une inquiétude me piqua le cœur.

« Aurai-je le temps de découvrir l'intégralité des merveilles dont la planète regorge ? Combien vais-je en rater ? Pourvu que je reste en bonne santé jusqu'à plus de quatre-vingt-dix ans, au moins… »

Voilà ce que disait l'adolescent qui, quelques minutes auparavant, voulait s'ouvrir les veines. Mozart m'avait sauvé : on ne quitte pas un univers où l'on peut entendre de si belles choses, on ne se suicide pas sur une terre qui porte ces fruits, et d'autres fruits semblables.

La guérison par la beauté… Aucun psychologue n'aurait songé sans doute à m'appliquer ce traitement.

Mozart l'a inventé et me l'a administré.

Telle une alouette filant vers le ciel, je sortais des ténèbres, je gagnais l'azur.

Je m'y réfugie souvent.

Cher Mozart,

Lorsque tu es entré dans ma vie, ce n'était pourtant pas la première fois que je te rencontrais. Loin de là. Tu m'étais familier, comme un visage croisé mais jamais regardé, une face connue, pas reconnue, le voisin qui n'a pas encore retenu l'attention.

Les disques familiaux, la radio m'avaient mis en rapport avec toi ; en dansant ton ballet *Les Petits Riens* avec la troupe dont elle faisait partie, ma mère m'avait donné l'occasion d'en fredonner par cœur la moindre gavotte, l'ultime passe-pied ; j'appréciais ta musique puisque, ayant exigé d'apprendre le piano à l'âge de neuf ans, je jouais déjà tes sonates lorsque je te remarquai. Alors pourquoi cette surdité sélective ?

Cette surdité, d'ailleurs, je l'ai vite décelée chez les autres. Une semaine plus tard, j'allai en compagnie de ma famille assister à une représentation payante, en costumes et avec orchestre, des *Noces de Figaro*. Lorsque la Comtesse vint chanter ses deux airs, je fus de nouveau inondé par la grâce. En larmes, je me penchai vers ma mère et ma sœur qui ne semblaient pas aussi transportées que moi. À l'entracte, je dus admettre qu'elles n'avaient rien éprouvé de violent ;

si elles concédaient à ma chanteuse une jolie voix, elles lui reprochaient un physique peu crédible, trop imposant.

— Mais la musique, maman, la musique ! Tu as entendu ce morceau ?

— Je préfère les airs de Chérubin.

Moi, ce jour-là, je n'ai pas entendu les airs de Chérubin.

Ainsi font d'étranges détours les grandes expériences, toujours désordonnées, singulières, limitées, élitistes, suivant un chemin chaotique, dévoilements pour les uns, moments vides pour les autres.

Tu as donc été, Mozart, un coup de foudre à retardement.

Un coup de foudre, c'est aussi mystérieux en art qu'en amour.

Cela n'a rien à voir avec une « première fois » car ce qu'on trouve s'avère souvent être déjà là.

Plutôt qu'une découverte, c'est une révélation.

Révélation de quoi ? Ni du passé, ni du présent. Révélation du futur...

Cela relève de la prescience, le coup de foudre... La durée se plisse, se tord, et voilà qu'en une seconde jaillit l'avenir. Nous voyageons dans le temps. Nous accédons non à la mémoire du passé mais à la mémoire de demain. « Voici le grand amour des prochaines années que j'ai à vivre. » Tel est le coup de foudre : apprendre qu'on a quelque chose de fort, d'intense, de merveilleux à partager avec quelqu'un.

Lorsque tu m'as envoyé ta lettre, outre ta musique, j'ai reçu l'assurance que nous allions avoir une longue et belle histoire ensemble, que, mon existence entière, tu m'accompagnerais, tu me suivrais, tu me guiderais, tu me glisserais des confidences, tu m'amuserais, tu me consolerais.

Ai-je bien compris ?

Je compte sur toi.

À bientôt.

Cher Mozart,

Quand un oiseau chante, est-ce plainte, est-ce joie ? Dit-il son bonheur d'exister ou appelle-t-il la femelle qui lui manque ? Mystère du chant…

Toi, tu me fais remarquer que c'est beau.

Cher Mozart,
Merci de m'avoir envoyé mon portrait.
Malheureusement, je m'y suis reconnu.
J'ai dix-huit ans et je me découvre guère plus avancé que ton Chérubin qui en a moins.

Je ne sais si je veille ou je rêve,
Si je fonds, si je brûle ou je gèle,
Chaque femme qui passe ou m'effleure,
Chaque femme fait battre mon cœur.

Un désir vague et inquiet me tourmente constamment, mon sang bouillonne, ma tête se retourne sur ce qui passe ; je ne vois que certaines girouettes bien huilées qui se montrent aussi vives que moi.

② *Les Noces de Figaro Acte I Air de Chérubin*

Dès qu'il déboule en scène, ton Chérubin, léger comme un papillon qui voudrait butiner toutes les fleurs du printemps, changeant de direction avec le vent, versatile, soumis à des caprices qui le dépassent, m'a soufflé qu'il venait pour moi. Chérubin impulsif et impatient, Chérubin qui ne parvient pas à s'exprimer et qui s'exprime si bien…

Il ne déclame pas, il murmure, il frissonne, il enchaîne des phrases brouillonnes, négligées, qui peinent à former une mélodie, variant le rythme et l'intensité. Ce frémissement de chant traduit le frémissement d'un être, vibration musicale de l'adolescence.

Pubère égocentrique, à l'affût de sa moindre pulsion, emporté par le sexe, il se passionne pour l'inventaire de soi. Pareil à Chérubin dans son air, j'ai une partie exaltée et l'autre contemplative ; entre les deux, non moins que lui je m'essouffle.

Les mouvements de mon corps et de mon âme, je les subis, je ne les contrôle pas. Ils passent en moi, par moi, sans moi... et c'est moi, cependant.

Je me retrouve dans cet orchestre agité, ondoyant, syncopé, soutenant le chant fébrile comme des vagues sur lesquelles la voix file...

Un seul mot ressort, obsessionnel : *desio*, désir ! Et ce désir agite les nuits de Chérubin autant que ses jours, le condamnant à une course en avant, repoussant le repos.

Soudain, la rêverie l'emporte sur l'exaltation. Chérubin confie son malaise à la nature, parlant d'amour « au ciel, aux plaines, aux fleurs, aux arbres, aux herbes, aux chênes, au vent, à la fontaine ».

Mais la rêverie se casse. L'émotion devient trop dense. Chérubin trahit son désarroi par des silences, des ralentis.

La fin de l'air livre un aveu fort culotté.

Et si personne n'écoute,
Je parle d'amour avec moi.

Ainsi qu'on se jette à l'eau, Chérubin déclare que si personne ne lui prête attention, en désespoir de cause, et surtout faute de partenaire, il se soulagera tout seul de son désir...

Grâce à toi, je sais désormais que je ne suis pas unique. Même si cela ne me rassure guère d'apprendre que nous sommes nombreux à rester solitaires...

Au long de l'opéra *Les Noces de Figaro*, il n'arrive rien à Chérubin. Moi non plus, je n'arrive à rien. Vrai, tu me consoles peu.

Et toi ? À quel âge es-tu arrivé à embrasser autre chose que tes lèvres contre le miroir ?

Sans rancune.

À bientôt.

P.-S. : De quel sexe est-il, ton Chérubin ? Au théâtre comme au concert, une femme joue le garçon. Mais le travestissement ne s'arrête pas là puisque plus tard Suzanne le déguisera en femme. Le spectateur se tient donc en face d'une femme qui joue un homme qui joue une femme...

Qui est Chérubin ?

À cause de ces métamorphoses, pour tout un chacun il est à la fois l'être qui désire et l'être que l'on désire. Le sujet désirant et l'objet désiré. N'importe qui – femme lesbienne, femme hétérosexuelle, homme hétérosexuel, homme homosexuel – peut se retrouver en lui, car il incarne une sorte de monstre qui représente chacun et l'autre, portant tous les attributs à la fois, enfant contradictoire qui ressemble à notre inconscient, réservoir des diverses pulsions...

Chérubin ou l'envie sous toutes ses formes... Chérubin ou l'érotisme instable...

Il ne sait pas qui il est, où il est, ni où il va. Une seule chose demeure certaine : il y va !

Moi aussi.

Cher Mozart,

Ce petit mot afin de t'annoncer que je suis enfin devenu un homme, si l'on entend par là celui qui cesse d'aspirer à l'amour pour le faire.

Il m'a fallu attendre vingt ans. Aussi tard que toi d'après ce que ta biographie m'apprend. Un point que nous partageons. Dommage que je n'aie en commun avec toi que tes retards, pas tes précocités.

Pourquoi, nous qui pouvons nous montrer assez futés ailleurs, avons-nous tant tardé ? Moi, j'avais trop peur des autres ; et encore plus de moi.

Et toi ?

Sommes-nous si lents parce que nous nous étions habitués à plaire avec des moyens distincts de notre corps, toi avec la musique et moi – dans une moindre mesure – avec les mots…

Enfin, c'est fait, tout va bien, merci.

À bientôt.

Cher Mozart,

J'avoue que je ne t'ai plus écrit, ces dernières années. Depuis combien de temps ?
Peut-être dix ans puisque j'ai désormais trente ans. T'avais-je oublié ?
Presque. J'étais trop occupé par toutes ces choses auxquelles on se consacre lorsqu'on a vingt ans, surtout si, comme moi, l'on estime devoir rattraper son retard. En bref, disons que je suis passé du rôle de Chérubin à celui de Don Juan... J'ai couru après les corps autant qu'après les pensées, aussi curieux de sexe que de philosophie, libertin facile à séduire, difficile à épuiser, impossible à retenir, vite lassé.
Cet opéra, *Don Giovanni*, pour son avidité et sa noirceur, parce qu'il témoigne d'un désir éperdu de vie, il fut du reste la seule œuvre de toi que j'ai pratiquée pendant notre séparation.
Pourquoi cette brouille ?
Brouille... une bouderie, plutôt, et qui venait de moi, de moi seul. Je revendique les torts. Dussé-je te blesser, je dois en confesser la raison : tu n'étais plus assez chic pour moi.

Dans mon milieu d'intellectuels, de jeunes loups assoiffés de savoir, d'apprentis philosophes et de futurs chercheurs en sciences, au sein d'un groupe assidu aux concerts de musique contemporaine pendant lesquels on ne parle que d'éclatement des structures traditionnelles, d'abandon du tonal, de rupture, de révolutions, de nouvelles grammaires musicales, bref, dans ce bataillon d'avant-garde, déclarer « J'aime Mozart » avait quelque chose d'incongru. Certes, j'aurais pu continuer à t'apprécier en secret ; or j'ai cédé. Désireux de m'intégrer, pliant sous le conformisme idéologique, je n'ai pas eu le courage d'être moi et j'ai préféré, lâche, t'effacer de mes références.

J'en étais parvenu à ne plus te voir qu'à travers ta caricature, le Mozart en perruque et rubans, trop galant, trop simple, un freluquet aux bas de soie, un marquis garni de dentelles, juste bon à figurer sur une boîte de chocolats autrichiens. Ces temps récents, il me fallait des nourritures plus fortes, plus épicées, plus compliquées, moins digestes ; il me fallait surtout des plats qui ne conviennent pas aux foules.

Pardonne-moi, j'ai cédé au snobisme. Tu plais à trop de gens – de l'enfant au vieillard, de l'analphabète au savant, du réactionnaire au metteur en scène avant-gardiste – pour gagner le statut d'auteur réservé aux snobs. Ne permettant pas à une étroite communauté d'élus de se reconnaître et de se distinguer des masses, tu n'es pas assez élitaire, Mozart, désolé.

Il faut dire que tu prêtes le flanc à cette exclusion. Tes qualités te desservent. Charmant... accessible...

aimable... Certains compliments officient à l'instar d'une censure ; on peut retourner tes vertus contre toi : réduire le gracieux Mozart au petit Mozart, transmuter la séduction en démagogie, la simplicité en simplisme, n'apercevoir que le brillant sous la lumière, la superficialité sous la légèreté. Tu t'exprimes si vivement qu'un esprit scolaire peut ne pas t'entendre et demeurer sourd à ta profondeur, à ta gravité spirituelle, à ton sens aigu de la mort.

Heureusement, l'autre jour, tu m'as fait signe, à ta manière habituelle, en me pétrifiant sur place.

On m'a offert un enregistrement des *Noces de Figaro* pour une raison qui n'avait rien à voir avec toi, l'événement tenant aux interprètes qui divisaient la critique musicale.

Je retrouvai cet opéra avec émotion, comme on revient dans une maison d'enfance où l'on a été heureux. Avec prudence, précaution, par crainte d'être déçu, je circulai d'abord entre les pièces sans m'attarder sur ce qui m'avait tant plu ; cependant, peu à peu, mon doigt cessa d'ordonner à la télécommande d'avancer, ton génie dramaturgique s'imposa de nouveau.

Le signe qu'une œuvre est un chef-d'œuvre, c'est qu'on n'en saute jamais les mêmes passages.

Déjà reconquis, j'arrivai enfin au quatrième acte.

③ *Les Noces de Figaro* Acte IV Air de Barberine

Comment peut-on créer si vite un climat, une émotion ?

Comment parvient-on à dire tant en quelques secondes ?

Les violons en sourdine, hypnotiques, presque irréels, jouent une musique nostalgique au balancement berceur : on comprend tout de suite que quelque chose a été perdu. Dans un jardin sombre aux bosquets labyrinthiques, une enfant égarée, lanterne à la main, seule au milieu de la nuit, sanglote et se plaint. De quoi est-elle victime ? Elle pleure après quelque chose qui a disparu... Tant que dure l'air, tu ne nous révèles pas quoi. Est-ce un parent, un fiancé ? Un espoir, une illusion ? Sa virginité ? Sa foi ? L'enfance ? L'innocence ?

Peu importe. Tout le chagrin est là, un peu boudeur certes, mais immense : un grand tourment dans un petit air destiné à une voix minuscule – la créatrice, Marianna Gottlieb, avait douze ans...

La mélodie tourne en rond comme une obsession, sans se trouver, sans se fixer, et finit par se perdre sur une question, suspendue, n'obtenant pas de réponse. La pure douleur. Les volutes étouffées et feutrées de la peine.

Par la suite, on apprend que Barberine a perdu une épingle. Quoi ? Ce désespoir pour une épingle !

Je me suis alors souvenu de mes premiers chagrins, forts, foudroyants, paralysants, pour des motifs qui à présent ne retiendraient pas mon attention plus d'une fraction de seconde...

Tu as raison. La souffrance demeure la souffrance, intense, incomparable, quelles qu'en soient les raisons. Le sentiment tragique n'a pas d'instrument de mesure. Enfantin ou adulte, avec de bonnes ou de mauvaises causes, il est le tragique. Cette détresse pour une épingle perdue devient la métaphore de toutes les détresses.

Une ariette m'a reconduit à toi, à ton art économe, direct. Quelques mesures d'une ritournelle m'ont fait saigner.

Tu m'as guéri d'une maladie de jeunesse : la sophistication doublée d'une hypertrophie de la pensée. Courant de colloques en séminaires, déchiffrant les manifestes, faisant fi de mes émotions ou de mon plaisir, j'écoutais la musique avec une loupe, un dictionnaire et une règle à calculer, persuadé qu'un ordinateur l'apprécierait mieux que moi. Sûrement avais-je raison, dans certains cas... En revanche, ta cavatine me rappelle que l'on écoute en outre avec un cœur – ce qu'un ordinateur ne possède pas – et qu'un homme compose de la musique d'abord pour toucher les hommes, non pour s'inscrire dans une hypothétique histoire de la musique.

Bien que j'aie cherché à t'éviter – peut-être parce que j'ai cherché à m'éviter –, aujourd'hui, Mozart, je te reviens.

Cette fois, je ne te quitterai plus.

À bientôt.

Cher Mozart,

C'était hier.

Alors que la ville ployait sous le vent et la neige, tu m'as surpris au détour d'une rue. Les larmes que tu m'as arrachées m'ont réchauffé d'une façon essentielle, le visage autant que l'âme. J'en tremble encore.

Noël avait jeté sur les trottoirs des centaines d'humains affolés à l'idée de manquer de cadeaux et de nourriture lors des festivités à venir. Les mains chargées de sacs qui formaient autour de moi une corolle multicolore, bruissante et enrubannée, j'avais l'impression d'avoir changé de siècle, de sexe et de porter une large robe à crinoline Napoléon III dont le volumineux jupon contraignait les passants à sauter sur la chaussée lorsqu'ils me croisaient.

Sous un ciel bleu-noir, les flocons flottaient dans l'air du soir, suspendus, hésitants, alors que les vitrines se réchauffaient d'éclairages orangés. Accaparé par une frénésie d'achats, je courais, les pieds gelés dans mes bottines humides, d'une boutique à l'autre, inquiet devant chaque caisse de me trouver à court d'argent, fier d'en avoir assez, me répétant vingt fois la liste de mes invités pour m'assurer que chacun recevrait son présent, désamorçant les réactions de susceptibilité. Si l'on décernait un diplôme au meilleur dépensier à la dernière minute, j'aurais pu postuler.

Une fois que mes sacs eurent englouti l'ultime cadeau nécessaire, je songeai à me réfugier dans un taxi pour rentrer et je trottai vers une station.

C'est là que tu intervins.

Une musique me fit pivoter : une chorale chantait.

④ *Ave verum corpus*
Motet

Il y avait dans l'air quelque chose de probe, de recueilli qui m'immobilisa.

À cause de la neige, je ne pouvais poser mes paquets au sol par crainte que l'humidité ne les amollisse ; je demeurai donc debout, les bras chargés, les épaules lourdes, les paumes sciées, à me laisser pénétrer par le mystère qui envahissait l'espace.

Quelques secondes plus tard, les larmes jaillirent de mes paupières, violentes, chaudes, salées, sans que je puisse les essuyer.

Où étais-tu lorsque tu écrivis cela ? En quelle année ? Quel mois ?

En tout cas, grâce à toi je découvrais soudain où je me trouvais.

Je haussai la tête.

Noël au pied de la cathédrale…

Je n'avais rien remarqué auparavant.

Autour de moi, les bâtisses du vieux Lyon s'écartaient devant le parvis de Saint-Jean. La façade gothique se dressait, haute, bienveillante, arrondie de rosaces, alanguie de guirlandes, poudrée de neige.

Pendant les heures précédentes, je ne lui avais pas prêté attention car il n'y a rien à acheter dans une cathédrale...

Sur les marches, réfugiés sous les ogives qui les protégeaient des flocons, les chanteurs, collés, anorak contre anorak, des glaçons en formation sous les narines, émettaient de la buée chaque fois qu'ils ouvraient la bouche. Je m'approchai et les voir redoubla ma surprise : était-il possible qu'un chant si beau sorte de ces faces sexagénaires, aux allures rustiques, à la peau rissolée, aux traits creusés par les années ? D'une chorale de vieillards naissait une musique ronde, neuve, lisse comme un bébé qui sort du bain.

J'avisai la partition du chef : *Ave, verum corpus* de Wolfgang Amadeus Mozart.

Encore toi ?

Salut à toi, vrai corps
né de la Vierge Marie,
qui as vraiment souffert,
immolé sur la croix par les hommes.
Toi dont la côte percée
a versé du sang et de l'eau,
sois pour nous un avant-goût
de ce qui adviendra par la mort.

Je levai les yeux vers les flèches, les gargouilles, l'enlacement des sculptures qui grimpaient jusqu'au clocher et ma vue se brouilla... Noël... Tu me révélais que nous vivions un moment sacré. Au plein cœur de l'hiver, à la saison où l'on craint que les ténèbres ne l'emportent, que le froid ne nous fige dans une glace définitive, lorsque enfin, vers le 20 décembre, la lumière recommence à croître, les hommes de toutes les civilisations se réunissent pour fêter le solstice, la clarté timide, le regain de l'espoir. Les bougies que nous allions allumer aux fenêtres de nos maisons, elles annonceraient le printemps ; les feux où nous jetterions des pommes de pin, ils préfigureraient l'été.

En même temps, tu disais « *Ave, verum corpus* » : tu attribuais un sens religieux à cet instant.

Religieux, je ne le suis guère.

Insistant, mélodieux, d'une douceur inexorable, tu me contraignais pourtant à un examen critique. Pourquoi fêtes-tu Noël ? me demandais-tu. Pourquoi dépenses-tu tant d'argent ? Les réponses arrivaient à ma conscience et me faisaient peur. Alors que je me croyais bon depuis le matin, je découvrais que j'étais surtout très content de moi : j'effaçais l'égoïsme qui avait réglé mon comportement durant l'année, je compensais en cadeaux les intentions que je n'avais pas eues, les coups de téléphone que je n'avais pas rendus, les heures que je n'avais pas consacrées aux autres. Au lieu de rayonner de générosité, je m'achetais une tranquillité d'âme. Ma frénésie de dons n'avait rien d'évangélique : un placement précis pour m'acquérir une bonne réputation. Je ne souhaitais pas la paix, je ne désirais que la mienne.

Or tu me rappelais que nous fêtions la naissance d'un dieu qui parle d'amour...

Alors, peu importe que j'y croie ou non, à ce dieu ; dans la mesure où je m'autorisais à fêter Noël, au moins devais-je célébrer l'amour...

J'avais compris.

À la fin du morceau, bien que pesant toujours aussi lourd dans mes paumes déchirées, mes paquets avaient un sens différent : ils étaient lestés d'amour.

Le chœur apaisé qu'avaient exhalé ces vétérans, il me désignait un monde dont je n'étais pas le centre mais dont l'humain est le centre. Il exprimait une attention des hommes pour les hommes, un souci quant à notre vulnérabilité, notre condition mortelle. Voilà ce que disaient les tortues en bonnets de laine sous les portiques de Saint-Jean.

Dans la nuit obscure de l'hiver et de la chair, nous étions frères en fragilité. Tu me révélais qu'il y avait un univers purement humain, établissant ses propres fêtes, ses règles, ses croyances, ses rendez-vous où les voix s'enlacent en harmonie pour délivrer une beauté qui ne peut naître que de l'accord, de l'entente, au prix d'une recherche commune, d'un but consenti, d'une émotion partagée... Surgissait un monde parallèle à la nature, celle-là même que le gel, le froid, la nuit pouvaient anéantir. Un univers inventé, le nôtre. Cet univers-là, par ta musique, tu le reflétais, tu le dessinais. Peut-être le créais-tu ?

À ce royaume – au-delà du christianisme et du judaïsme, indépendant des religions –, je voulais croire.

Aujourd'hui, je ne sais si Dieu ou Jésus existe. Mais tu m'as convaincu que l'Homme existe.

Ou mérite d'exister.

Cher Mozart,

La vie me brutalise.

D'un côté elle me gâte, de l'autre elle me frappe. Dans les deux cas, je la subis comme une violence.

Apprends d'abord que j'ai rejoint ton camp, le camp des créateurs : me voici écrivain, publié, joué, traduit en de multiples langues. Le succès m'est tombé dessus sans que je l'attende, avant que je n'en rêve, m'offrant la chance de gagner mon pain avec mon art. Dès le mois prochain, je quitte l'université où j'enseigne la philosophie pour assumer le nouveau rôle qu'on m'a assigné, celui d'un jeune et brillant dramaturge.

En même temps, le destin a décidé que je ne me réjouirais pas de ce bonheur : on agonise autour de moi. Des êtres que j'aime sont atteints d'une maladie nouvelle, un virus qu'on attrape en faisant l'amour et qui désarme peu à peu le corps jusqu'à le rendre incapable de lutter contre les maux qui l'attaquent. On ne meurt pas de ce virus mais on crève d'être devenu une citadelle privée de résistance.

Chaque génération connaît une guerre ; la nôtre n'aura eu qu'une épidémie. Notre défaite restera sans gloire. Sur les photos rappelant mes années d'études, je peux dorénavant tracer une croix sous plusieurs visages. Trente-quatre ans et déjà encerclé de fantômes...

Si au moins ces décès étaient prompts.

Au lieu de cela, les médecins, impuissants à enrayer l'érosion des défenses immunitaires, ne parviennent qu'à ralentir les maladies. Conclusion ? Ils allongent les agonies. Les patients sont condamnés à s'affaiblir, maigrir, perdre leurs cheveux, leurs muscles, leur vitalité, leurs capacités intellectuelles ; ils se voient infliger cette honte supplémentaire d'endurer une sénilité accélérée en attendant l'issue définitive. Que de temps laissé au découragement, à l'angoisse...

Je suis las, Mozart, si las. Les couloirs d'hôpitaux n'ont plus de secrets pour moi, j'en sais les rites, les horaires, les odeurs, les bruits feutrés, le peuple infatigable des infirmières en galoches, les médecins fugitifs au front barré par les soucis, les chariots chromés avec leur bimbeloterie de médicaments inefficaces, les râles qui parfois s'échappent des chambres, les familles plombées qui stationnent devant la porte en craignant le malade ; je frissonne au moment où le jour glisse dans la nuit, quand l'angoisse va saisir les patients et qu'il faudrait se trouver auprès de chacun pour lui tenir la main, le bercer, lui raconter une histoire.

Même si je n'aime pas ce qui s'y déroule, j'aime l'hôpital car il est devenu un lieu d'amour.

Du coup, c'est lorsque je le quitte que l'énergie me manque. Le soir en gagnant mon appartement obscur, épuisé par les conversations que j'ai dû engager, trop fatigué pour ouvrir un livre, craignant d'allumer la radio ou la télévision qui vomiraient sur moi de nouvelles horreurs, je n'accède plus au repos. Sans doute ai-je peur de m'allonger, de prendre une position qui ressemble à celle des mourants... ou bien honte de survivre ?... En tout cas, je ne sais quelle crispation m'interdit de me laisser aller et me tient éveillé jusqu'à l'aube, cet instant où le halo des réverbères s'estompe, les trottoirs passent du noir au gris, le rideau de fer se lève lentement au bistrot de l'angle pour attirer les premiers ouvriers qui, cigarette aux lèvres, viennent siroter au comptoir un café âcre ; alors je m'autorise à relâcher ma vigilance absurde et sombre quelques heures dans le sommeil.

Pourrais-tu m'envoyer un conseil ? As-tu réfléchi à cela ? Je suis persuadé de ne pas être sur terre l'unique individu à éprouver de la douleur mais elle me rend si impuissant et si désemparé que je me tourne vers toi.

Cher Mozart,

Comme c'est étrange ce que tu viens d'accomplir ! M'envoyer une musique triste, et, ce faisant, me consoler de ma tristesse.

Et quel messager inattendu tu avais choisi ! J'ignorais qu'il existait des anges assez facétieux pour s'incarner en colosse noir au volant d'une voiture pourrie.

À vingt heures, j'ai quitté l'hôpital ; lorsque j'ai vu un taxi libre le long de la chaussée humide, je me suis jeté dedans, non pour rentrer plus vite car j'appréhende de me retrouver seul chez moi, mais pour éviter l'interminable retour en métro, ces stations qui ne changent ni de nom ni d'ordre, ces affiches joyeuses indifférentes à ma peine, ces lumières cruelles sur les visages fatigués, ces sièges où je n'arrive pas à me glisser à cause de mes épaules trop larges, ces odeurs de vieux corps qui n'ont pas apprécié leur journée.

Le chauffeur de taxi, un Africain à la voix fruitée, dont l'immense buste en pyramide rendait exigu l'habitacle de tôle, me demanda la permission d'écouter de la musique.

— Ça dépend de ce que vous mettez, répondis-je en m'attendant à du jazz ou du reggae.

— Je passe un disque que m'a laissé un de mes clients.

— Après tout, faites ce que vous voulez.

— Si ça ne vous plaît pas, j'arrête.

Avec sa paluche géante qui réduisait les commandes de son véhicule à un modèle miniature pour enfants, il a pressé un bouton et soudain, tu es entré dans la voiture afin de continuer le voyage avec nous.

⑤ *Concerto pour clarinette Adagio.*

La clarinette, bercée par les cordes, murmurait une mélodie tendre qui exhalait, avec ses mouvements descendants, une sorte de tristesse sereine.

Au début, j'ai pensé que tu m'envoyais cet adagio par sympathie, juste pour me prouver que tu avais connu, toi aussi, le chagrin.

Puis le morceau continua et je m'aperçus que tu me disais autre chose. Quoique douce, délicate, la clarinette refusait de fléchir, de céder à la déprime, elle remontait, elle chantait, elle s'épanouissait. Le chagrin se transfigurait. De ton sentiment, tu faisais une œuvre. La tristesse s'était muée en beauté.

J'appuyai mon dos sur la banquette de cuir, je renversai la tête en arrière et laissai couler mes larmes.

Pleurer, enfin. Depuis que j'affrontais les agonies de mes proches, je n'avais plus pleuré.

Pleurer. Puis accepter.

Grâce à toi, j'acceptais. Oui, je crois que j'acceptais aussi.

Quoi ?

En sortant du taxi, si j'éprouvais cette certitude, je ne pouvais encore la nommer.

Revenu ici, j'ai dû écouter plusieurs fois ton *Concerto pour clarinette* dans le but de mieux comprendre.

Accepter l'inévitable tristesse. Consentir au tragique de l'existence. Ne pas se raidir contre la vie en la niant. Cesser de la rêver autre qu'elle n'est. Épouser la réalité. Quelle qu'elle soit.

Tu m'offres la sagesse de dire « oui ». Étrange, ce « oui », alors que mon siècle, ma formation intellectuelle, nos idéologies me donnent l'illusion d'être fort en opposant un « non ».

Ce soir, je me suis pardonné.

Pardonné de ne pas avoir le pouvoir de changer l'univers. Pardonné de ne pas savoir rivaliser avec la nature quand elle nous détruit. Pardonné de n'avoir comme arme que ma seule compassion.

Ce soir, je me suis pardonné d'être un homme. Merci.

Cher Mozart,

L'autre soir, j'ai rencontré un savant paléontologue qui avait eu l'occasion d'examiner ton crâne. Une fois qu'il m'eut convaincu que c'était vraiment le tien, retiré de la fosse commune et conservé pieusement depuis des siècles, son identité ayant été confirmée par des analyses d'ADN, je demandai avec curiosité :

— Alors, qu'a-t-il de différent, le cerveau de Mozart ?

— Rien de spécial à dire sur son cerveau. En revanche... non, je vais vous choquer...

— Si, dites.

— Non, ça ne va pas vous plaire...

— Dites.

— Eh bien, si vous aviez vu l'état de ses dents... une catastrophe !

Dans les minutes qui suivirent, je me suis isolé pour songer à toi. Non, je n'étais pas choqué : j'éprouvais le vertige.

⑥ Une petite musique de nuit
Rondo Allegro

Comment pouvais-tu écrire cette musique légère, aérienne,

fluide, aisée, avec un corps qui gémissait, des gencives qui te faisaient souffrir ?

Plusieurs fois, en lisant des biographies, j'avais constaté que, épuisé par les voyages et l'excès d'activité, tu avais consacré des mois, voire des années, à lutter contre des infections, des problèmes digestifs, des difficultés rénales, cependant on ne m'avait pas encore parlé de ta bouche...

Me revient en tête une phrase de toi, prononcée en ta jeunesse : « Il n'y a pas un jour où je ne pense à la mort. » Cette réflexion jointe au délabrement de ton palais, voilà qui permet de donner un plus juste poids à ta joie. Loin de venir d'une ignorance, elle est connaissance du malheur, réaction au calvaire. Elle fleurit sur du purin. Une joie décidée, volontaire. Un exercice de joie.

Y a-t-il plus beau fondement à l'optimisme ? Aujourd'hui, l'optimisme pâtit d'une mauvaise presse ; lorsqu'il ne passe pas pour de la bêtise, on le croit provoqué par l'absence de lucidité. Dans certains milieux, on va jusqu'à décerner une prime d'intelligence au nihiliste, à celui qui crache sur l'existence, au clown sinistre qui expire « bof » d'une manière profonde, au boudeur qui radote : « De toute façon, ça va mal et ça finira mal. »

On néglige que l'optimiste et le pessimiste partent d'un constat identique : la douleur, le mal, la précarité de notre vigueur, la brièveté de nos jours. Tandis que le pessimiste consent à la mollesse, se rend complice du négatif, se noie sans résister, l'optimiste, par un coup de reins énergique, tente d'émerger, cherchant le chemin du salut. Revenir à la surface, ce n'est pas se révéler « superficiel », mais remonter de profondeurs sombres pour se maintenir, sous le soleil de midi, d'une façon qui permet de respirer.

Non seulement je ne perçois pas l'intérêt pratique de la tristesse, mais je n'ai jamais compris l'avantage philosophique du pessimisme. Pourquoi soupirer si l'on a la force de savourer ? Quel bénéfice à communiquer son découragement, refiler sa lâcheté, oui, quel gain pour soi ou pour les autres ? Alors que nos corps transmettent la vie, faut-il que nos esprits procurent le contraire ? Si notre jouissance génère des enfants, pourquoi notre intellect, lui, engendrerait-il du néant ?

Il est sublime, le sourire de celui qui souffre ; elle est plus touchante, l'attention de l'agonisant ; elle est bouleversante, la beauté du papillon...

Rentré à la maison, songeant à ta mâchoire meurtrie, j'ai eu le besoin d'écouter ta musique religieuse et elle m'a envoyé de nouvelles pensées.

Mozart, l'humanité a changé. Le monde s'est amélioré sans que nous en soyons conscients. Entre ton siècle et le mien, il n'y a pas que des différences technologiques : la vie que nous vivons n'est plus la même. Quoiqu'on meure toujours, on l'oublie presque car on traverse des existences longues, confortables. Toi, tu écris dans un temps où l'on endure le mal de la naissance au trépas, où la médecine, pauvre en médicaments, se montre impuissante à guérir autant qu'à soulager : les maladies emportent des êtres jeunes, les couples tel le tien ou celui de tes parents sont obligés de donner naissance à sept enfants pour en voir subsister deux... Un baron n'appelait-il pas tous ses nourrissons mâles Johan, sachant qu'un seul arriverait à l'âge adulte avec ce prénom ? Pendant des millénaires, les médecins ont tué davantage qu'ils n'ont soigné ; en saignant leurs patients affaiblis, ils diminuaient leur résistance quand ils ne provoquaient pas une septicémie avec des instruments non désinfectés.

À quoi servait la religion ? À vous apprendre à résister à la douleur, à l'accepter, à l'assimiler au cours de vos jours. Chaque messe débutait par : « *Kyrie eleison, Christe eleison* », « Seigneur, prends pitié, Christ, prends pitié ». Ensuite retentissait « *Laudamus te, benedicamus te, adoramus te, glorificamus te* », « Nous te louons, nous te bénissons, nous t'adorons, nous te glorifions ». S'il nous est si facile de moquer cette foi passée et de suspecter son dolorisme, c'est parce que nous ignorons l'expérience qui la fondait, l'expérience quotidienne de la souffrance, du premier cri jusqu'au dernier, pour chacun, sur toute la terre.

Soudain, les paroles de tes messes me frappaient ; quoique tu ne les aies pas inventées puisqu'elles t'étaient imposées, je les recevais avec attention et commençais à deviner pourquoi tu aimais tant écrire des œuvres religieuses. « Prends pitié, écoute-nous. » Voici que se précise le chant des créatures infirmes, malades ou malheureuses, un chant qui s'élève vers le ciel...

Aujourd'hui, on descend dans la rue pour se plaindre, on pose des bombes, on fait des procès, on s'attaque à l'État, aux puissants, aux industries... Certainement a-t-on raison car beaucoup de maux humains dépendent des hommes ; en revanche, l'effet secondaire est qu'on grogne au lieu de prier, on rouspète plutôt que de méditer. Et on n'adore plus rien.

Alléluia ne se dit plus, maintenant… *Et exultavit*, je n'en trouve pas l'équivalent moderne, à moins que ce ne soit ces râles enregistrés dans des studios de postsynchronisation lorsque l'on bruite les films pornographiques. On n'exulte plus, Mozart, on partouze, et l'on crie « Yeah… » dans l'intention de vendre le produit sur tous les marchés.

Si l'homme désormais a relevé ses manches pour fabriquer son destin – ce qui est bien –, il ne croit plus qu'en lui. Résultat : un monde plus juste, plus sûr peut-être, mais un monde dont nous excluons la douleur et la joie.

Toi, tu témoignes d'une sagesse autre : celle qui admet la souffrance sans pour autant tuer l'émerveillement, celle qui, pleurant les morts, célèbre néanmoins la vie.

Cette nuit, grâce à toi, je remontais vers cette source qui me faisait du bien, cette raison humble, cette sagesse qui consiste en l'amour du vrai, l'amour de la réalité telle qu'elle est.

Cher Mozart,

La maladie vient de frapper.
Aujourd'hui, j'ai perdu une femme que j'aimais. Elle a rejoint les milliards de morts qui composent l'humanité passée.
Bientôt va se défaire sous terre un corps que j'ai palpé, embrassé, serré parfois si fort contre moi.
Je ne sais pas ce qui est le plus absurde et le plus irréel : sa mort ou ma survie.
Et je n'ai pas le temps d'y songer car je dois m'occuper d'autres êtres qui, malades ou non, ont eux aussi besoin de moi.
Heureusement, tu es là. Ta musique reste ma seule confidente.

Cher Mozart,

Ce jour est un anniversaire.

Il y a un an, j'ai perdu cette femme que j'ai aimée. Douze mois plus tard, je demeure pareil à un crétin, muet, hébété, les yeux secs, les mains vides, au bord de la fosse, encore surpris de n'avoir pu la retenir...

Dans ce gouffre, elle a emporté tous les souvenirs nous concernant, comme si elle les avait gardés sur elle ; ils me sont désormais inaccessibles. Je ne me rappelle que les moments d'avant, lorsque nous étions amis, et les moments d'après, lorsque nous étions amis de nouveau. Nos six années amoureuses ont disparu avec elle.

Est-ce que l'on se console de l'absence d'un être ?

— On s'habitue à souffrir, on ne se console pas.

Certes, mais pour s'habituer à souffrir, il faudrait déjà souffrir ; tandis que moi, hachuré, caviardé, coupé d'une partie de ma sensibilité, je n'y parviens pas.

— Tu verras, continue cet ami, la nature est bien faite : tu finiras par y penser de moins en moins souvent.

Ma vie avec Mozart

Y penser moins, je le souhaiterais, ce serait y penser un peu, or je n'y arrive pas. Y penser avec tristesse, y penser avec plaisir, y penser avec rage, mélancolie, nostalgie, peu importe, si je réussissais à y penser...

À chaque fois que le nom de cette femme surgit, l'obscurité se fait en moi, je subis une panne de conscience. Du coup, j'ai tendance à fuir ceux qui l'ont connue pour éviter qu'ils ne m'en parlent et ne provoquent le court-circuit ; ainsi, je me retrouve seul, et même pas en compagnie de moi.

— Tu feras ton deuil...

Comment ?

Force est de constater que je n'évolue pas.

S'il te plaît, Mozart, aide-moi.

Donne-moi le moyen d'habiter mon passé. Un pan de ma vie a glissé dans l'oubli, un âge heureux, candide, innocent, joyeux pour moi non moins que pour elle : ne laisse pas le néant gagner.

Cher Mozart,

Merci.
Tel un chirurgien des sentiments, tu m'as opéré de tes doigts habiles et je me porte mieux.

Il suffisait donc d'un morceau ? L'adagio d'un concerto pour violon…

Dimanche, je regardais distraitement à la télévision la retransmission d'un concert où, après une ouverture pétaradante comme l'exécutent ces chefs qui manquent de confiance en eux, nous avions droit à un concerto de toi, une œuvre de jeunesse. Dois-je l'avouer, tu m'agaças durant le mouvement inaugural que je trouvais un peu trop joli avec son jabot et sa perruque poudrée à la mode de Paris.

Arrive l'épisode lent. L'orchestre amorce une ritournelle, ainsi qu'on se racle la gorge avant de chanter, une esquisse, une répétition ; une fois encore, rien de grand ne s'annonce. Puis, doucement, le violon entre en scène, presque hésitant, quelques notes légères, des ailes se posant sur les cordes, et là, soudain, il se lance, son chant s'affirme, vibrant, émouvant, ample et fragile à la fois.

⑦ *Concerto pour*   Dans mon esprit, tout se brouille et
violon n° 3   bientôt l'évidence m'apparaît.
Adagio   Ce n'est plus un instrument que j'entends, c'est la vibration d'une âme. Une voix d'enfant domine les bruits et les fracas du monde. C'est elle. La femme que j'ai aimée me revient avec son visage tendre, ses yeux qui brillent. Elle me regarde avec affection. Nous nous retrouvons enfin.

Le chant du violon tendu, ouvert, tel le plus beau de ses sourires, continue à s'élargir et à monter, s'élever, se hisser sans cesse…

Grâce à toi, je retrouve la mémoire. Moi qui ne pouvais plus songer à elle, j'y parviens en musique. Ton violon me rend sa présence, sa lumière.

Avec les personnages de ton orchestre, tu me redonnes accès à mon théâtre intime. Derrière tes marionnettes surgissent mes personnages. Grâce aux métaphores que tu me proposes, je peux de nouveau penser – panser – mon histoire.

Merci, je ne suis plus coupé en deux. Tu as fait de moi un homme réconcilié.

Cher Mozart,

Sais-tu que je suis devenu ton librettiste ? Deux cent cinquante ans plus tard, je travaille pour toi, faute d'avoir pu travailler avec toi.

Je mets des paroles françaises sur ton opéra, *Les Noces de Figaro*. Un œil sur la pièce de Beaumarchais qui a inspiré l'adaptateur italien Da Ponte, l'autre sur ta partition, les doigts enfoncés dans les touches du piano, le crayon à papier entre les lèvres, la gomme et un dictionnaire de rimes à portée de main, c'est soumis à cet inconfort que, chaque matin, je consacre deux heures à ce projet.

Certes, tu as écrit *Les Noces* en italien et ton œuvre demeurera vivante en italien, cependant qui comprend l'italien ? L'italien chanté ? Et cet italien-là, du XVIIIe siècle vénitien ?

Lorsque mon ami Pierre Jourdan qui dirige l'opéra de Compiègne est venu me demander de rendre ton œuvre accessible au public de France, j'ai cru recevoir la visite d'un messager me proposant de régler ma dette vis-à-vis de toi : le « oui » jaillit de ma bouche. Oui, nous allions rendre Mozart encore plus populaire ! Oui, nous allions prouver que tu n'étais pas seulement un génie musical, mais un génie dramatique.

Ensuite, les ennuis commencèrent car, dès mes premiers tâtonnements, j'ai palpé l'ampleur de la tâche. Me voici occupé à disséquer tes phrases, à en déterminer la carrure, à en compter les pieds, à rechercher dans ma langue des termes dont les accents tombent de façon idoine sur tes appuis rythmiques, à vérifier que le résultat en est audible, chantable, etc. Disons, pour abréger, qu'il s'agit à la fois de pratiquer le théâtre, la musique, les mathématiques, la traduction et la poésie.

La patience qu'exige cette épreuve, tu me la donnes en me permettant de fréquenter ton génie. Travailler aux cuisines d'un chef-d'œuvre dégourdit l'apprenti. As-tu besoin de flatterie, là-haut, sur ton fauteuil de nuages ? Alors tiens-toi droit et ouvre tes oreilles.

Comme un grand dramaturge, tu donnes leurs chances à tous les personnages. Lorsque tu entres dans un rôle, tu ne le juges pas, tu lui accordes ta sympathie, tu lui permets de respirer. Aussi juste en valet Figaro qu'en Comte vorace, aussi joyeux en Suzanne que nostalgique en Comtesse, effronté quand déboule Chérubin, compassé lorsque vaticine Bartolo, soudain enfantin si Barberine se perd dans la nuit, tu sembles capable d'exprimer l'humanité sous tous ses aspects, ses sexes, ses âges. Autant Don Juan qu'Elvire, autant bourreau que victime, ne limitant à aucun moment le bourreau à sa fonction de bourreau ni la victime à son statut de victime, tu as le sens de l'épaisseur, de la complexité et tu permets au public de côtoyer des personnages fort différents de lui. Avec toi, notre lointain devient notre prochain. Tu sais tout raconter parce que tu rends tout palpable.

Tu as saisi que le théâtre est l'art de la rupture et de la discontinuité. Sans cesse, tu changes de rythme, de tempo, accélérant ici, retenant là, ne t'arrêtant la pause d'un silence que pour mieux repartir. On échoue au théâtre si l'on ne pense qu'à soi. Les écrivains ivres de leur langue ou les compositeurs enchantés de leur musique défaillent à la scène car, au lieu d'écouter les personnages et les nécessités de l'action, ils s'écoutent eux. Même s'ils ont du talent, l'oreille qu'ils penchent avec trop de complaisance sur celui-ci les empêche d'entendre l'essentiel : le cœur des personnages, la course des pas, le repos nécessaire, la vie qui s'organise et s'improvise, autonome. Toi, avant d'avoir une oreille de musicien, tu as un œil de metteur en scène. Ta musique règle les mouvements, les entrées et les sorties, accentue un détail, détache une émotion. Elle crée l'action au lieu de l'interrompre ou de l'accompagner. Souvent, tes collègues se sont demandé, d'ère en ère, comment doit fonctionner l'opéra : primauté de la musique ou primauté de la parole ? *Prima le parole ? Prima la musica ?* Faux dilemme auquel tu réponds : *Prima il teatro !*

Préférer le théâtre à la musique, préférer le théâtre à la littérature… ils sont peu nombreux les compositeurs et les écrivains à avoir tranché de cette façon. D'où la maigreur de nos répertoires…

Enfin, tu composes pour les voix comme personne. Jamais un chanteur ne s'est cassé la voix en te pratiquant ; au contraire, les professeurs conseillent toujours aux professionnels fatigués de revenir à Mozart ainsi qu'à un lait maternel qui apporte ses bienfaits aux gosiers.

Pourtant tu n'es pas facile à chanter dans la mesure où tu ne supportes que des organes domestiqués. Souvent, les très grosses voix, les voix phénoménales, celles qui parviennent à passer par-dessus un orchestre déchaîné, celles qui ont le culte de la force plus que de la ligne, te craignent et t'évitent, tel un haltérophile qui devrait marcher sur un fil ; les faiseurs de décibels savent qu'ils peuvent négliger le phrasé, manquer de liant dans l'enchaînement des notes, supporter des ruptures de registre, ils n'en seront pas moins applaudis quand viendra l'éclatant *contre-ut* qui fera oublier les approximations précédentes. Toi, Mozart, tu résistes à ces bûcherons bien dotés par la nature dès lors qu'ils restent insuffisamment policés par la technique. Tu n'exiges ni des athlètes ni des phénomènes de foire, mais des stylistes.

Tu ne demandes pas de grandes voix, tu demandes de belles voix devenues instrumentales. Une voix mozartienne, c'est une voix timbrée, souple et ductile, une voix qui se tient à égale distance du cri et de la parole, une voix clarinette, une voix qui sait se retenir jusqu'à se faire ligne. Pas d'excès ni de couleurs outrées lorsqu'on t'interprète, pas de sanglots ni d'expressionnisme musical : l'émotion arrive par la courbure d'une phrase, comme ça, sans prévenir, l'air de rien.

« L'air de rien », voilà le tour qui pourrait résumer ton art. « L'air de rien », tu fais naître des personnages et une musique complexe en prenant soin de ne pas attirer l'attention sur ton travail ; tu suggères que cela coule de source.

⑧ *Cosí fan tutte* Acte I Trio de Fiordiligi, Dorabella et Don Alfonso

Ce trio de *Cosi fan tutte* dont je me délecte pour me reposer de ma besogne sur *Les Noces* offre un précipité de ton art.

La nuit tombe, le vent frémit, deux femmes et un homme adressent des signes à un bateau qui s'éloigne dans la baie de Naples. Que disent-ils ? « Que douce soit la brise, que l'onde soit paisible, et que chaque élément réponde à nos désirs. » Bon et heureux voyage.

En trois minutes, le temps que la barque ne figure plus qu'un point à l'horizon, se dégage la quintessence de l'adieu. Adieu à quoi ? Adieu aux amoureux qui partent à la guerre, adieu au bonheur présent, adieu au rêve d'une union parfaite, peut-être adieu à l'innocence et à la sincérité car désormais, durant la pièce, pièges et supercheries vont se succéder. Peu importe la nature de l'adieu, quelque chose d'essentiel est en train de nous quitter.

En sourdine, les violons évoquent le bruissement du vent dans les voiles, le clapotis des vagues en écho aux battements des cœurs meurtris, puis les voix s'élancent, les femmes liées, l'homme à part. Elles étalent une tendresse voluptueuse mais perce, dessous, une inquiétude, marquée par la répétition lancinante du mot « désir », chargé d'ambiguïté. Est-ce déchirement ou apaisement ? Sous la bonté des vœux, il y a de l'ardeur... la tension monte par vagues en voulant s'apaiser... on perçoit l'angoisse et son contraire. La musique, entre le tracas et la tranquillité, manifeste une aspiration à la sérénité : elle escompte que le monde subsiste ainsi qu'il se montre, stable – couples unis, mer sage, vent dompté –, que les apparences ne se révèlent pas trompeuses, que la mer ne s'agite plus, que le vent ne se réveille jamais et que les passions ne changent plus de cap... Le drame, le vrai drame, au-delà de la séparation provisoire, apparaît, sous-jacent... l'instabilité. Le calme demandé à la mer et au vent, les personnages le réclament également de leur cœur ; ils implorent la paix, le repos, l'absence de tourment, quelque chose d'impossible...

Palpitantes, abandonnées, suaves, langoureuses, les voix espèrent en s'enlaçant puis, petit à petit, abandonnent et consentent à n'être qu'une aspiration.

Comment faire autrement ?

À la fin de l'air, la nuit a gagné.

En trois minutes, tu as dit tout cela et plus encore.

Pas besoin que la voix se brise en pleurs pour exprimer le chagrin, l'émotion naît de la longueur alanguie des volutes vocales. Pas d'emphase, seulement de la retenue. En restant pure, la voix se brouille de larmes comme les yeux se voilent en demeurant grands ouverts, les trémolos et les frissons étant portés par l'orchestre.

Ta stylisation, c'est une sublimation. Aux chanteurs, tu enjoins du timbre plus que de la puissance, de la douceur plutôt que du volume, un trait à la fois précis et ouaté, une émission qui ne rompt pas la ligne avec les mots ; l'âme humaine apparaît alors tel un dessin d'architecte. Tu rends les choses plus belles qu'elles ne sont ; ou plutôt, après toi – grâce à toi –, nous les voyons plus belles. Aussi vrai que Turner nous apprend à regarder la mer ou Michel-Ange un corps musclé, tu nous fais apparaître les sentiments dans leur force et, surtout, leur ambiguïté.

Un professeur de complexité, voilà ce que tu es. Avec précision, tu pointes les extrêmes qui nous composent, les tensions qui nous constituent.

Aux esprits confus, tout est confus. Aux esprits clairs, tout est clair : même ce qui leur échappe. Dès lors, plus une intelligence est lumineuse, plus elle peut appréhender le mystère.

Cher Mozart,

Un chanteur de variétés, émerveillé par lui-même et le succès de ses chansonnettes, disait hier à la télévision en flattant son piano laqué blanc : « J'écris avec les mêmes notes que Mozart. »

J'espère que tu en as ri autant que moi, puis que cela t'a fait réfléchir tant l'imbécillité touche parfois au génie. Oui, le chanteur peroxydé, au brushing aussi volumineux que son cerveau doit être exigu, soulignait un point essentiel : il ne compose qu'avec sept notes, comme toi.

Seulement, chez lui, ça s'entend...

Cher Mozart,

Comment écrire une pièce de théâtre après Beckett ? De quelle façon pratiquer le roman après l'école du Nouveau Roman ? Par quel moyen philosopher alors qu'on a « déconstruit » la philosophie ?

Lundi soir, je m'étais égaré dans un cénacle où l'on posait ces problèmes : que créer aujourd'hui ? Est-ce encore possible ?

Un instant, j'ai cru rêver et me retrouver coincé dans un vieux souvenir, tant la scène, identique, me reportait quinze ans en arrière, lorsque, fringant étudiant, j'intégrai ma « grande école », l'École normale supérieure à la rue d'Ulm, lieu mythique de l'intellectualité française par lequel sont passés quelques-uns de nos plus beaux auteurs : Péguy, Romain Rolland, Alain, Jules Romains, Bergson, Giraudoux, Sartre, Senghor, Foucault, Lévi-Strauss. Par naïveté, presque par malentendu, j'avais préparé ce concours, persuadé que la vénérable institution devait être une école de romanciers alors qu'en réalité, par un recrutement sévère, elle repère d'excellents élèves qu'elle modèle ensuite en professeurs d'université. Mes camarades de promotion, victimes d'une confusion équivalente, du haut de leurs vingt ans, s'annonçaient sans vergogne les uns aux autres qu'ils deviendraient écrivains, programmant une œuvre de la même façon qu'ils projetaient d'avoir une femme, trois enfants, une maîtresse, un appartement à Paris et une villa avec piscine dans le Lubéron. Options de standing. Au lieu de se mettre d'emblée au travail afin de rédiger le futur chef-d'œuvre, ils préféraient se rejoindre au café ou dans l'internat pour discuter en fumant.

« Comment écrire une pièce de théâtre après Beckett ? De quelle façon pratiquer le roman après l'école du Nouveau Roman ? Par quel moyen philosopher alors qu'on a "déconstruit" la philosophie ? »

En gros, cela revenait à se demander : comment vivre alors que tout est mort ? Où planter sur des terres que nos aînés, avec fierté, ont labourées, épuisées puis calcinées ? Par une dérive insidieuse et logique, la question virait : que peut-on encore brûler ? Quels feux nous reste-t-il à allumer ? Car ces jeunes gens dociles et cultivés, ces très bons élèves si bien dressés, ces premiers de la classe gentiment coiffés se rêvaient vandales et révolutionnaires. L'intelligence résidant dans la rupture, il leur fallait contester ou renoncer à être ; on leur avait enseigné l'histoire ainsi. Puisqu'ils avaient appris que leurs aînés étaient allés « au bout » du théâtre, du roman, de la philosophie, consciencieux, conciliants, ils tentaient d'apercevoir ce qu'ils devaient détruire et souffraient de ne pas le distinguer.

À cette époque, déjà, en les observant, je riais sous cape.

« Mozart ! Au lieu de rompre, commencez par poursuivre ! »

J'avais envie de leur crier :

« Mozart ! Au lieu d'abattre, apprenez à bâtir. »

Je gardais pour moi ce que je pensais :

« Mozart ! Imitez, reproduisez, donnez-vous des moyens ; quand vous aurez quelque chose à dire, vous en serez alors capable. »

Lorsqu'ils parlaient de forger une nouvelle grammaire, une syntaxe inouïe, des formes jamais vues, je ne pouvais m'empêcher de songer :

« Mozart ! Lui n'était ni novateur ni insurgé mais toujours original, singulier, expressif. Trimballé par son maquereau de père à travers l'Europe, il a appris la musique en Allemagne, en France, en Italie, en Angleterre ; chaque fois qu'il rencontrait un artiste important, il s'en inspirait avec curiosité, il l'ingurgitait, il le digérait avant de le convertir en Mozart. »

Au cours d'une vie, chaque individu part en quête de son identité, parfois au milieu des autres ; cependant lorsqu'il se trouve c'est en lui-même, pas à l'extérieur de lui.

Mozart… Tu me semblais une clé secrète pour ouvrir ces portes. Quoique par timidité je conservasse cette conviction au fond de moi, mon silence ne t'empêchait pas d'accomplir ton œuvre, me libérer, me convaincre que c'est en écrivant qu'on devient écrivain ; tout en achevant mes études, puis en menant ma tâche d'enseignant à l'université, je me suis donc cherché, heure par heure, page après page, au bout de ma plume.

À l'heure actuelle, mes camarades sont avocats, hauts fonctionnaires, ambassadeurs, ministres, aucun n'a entrepris d'œuvre littéraire – bien qu'ils n'aient pu s'empêcher de publier des livres. En réalité, c'est toi qui leur as manqué. Pour moi, hier comme aujourd'hui, Mozart demeure le nom de la résistance que j'oppose au monde.

Mozart ou comment devenir soi-même... Toi, tu as souffert pour t'affirmer. Si ton père t'offre une formation précoce, exceptionnelle et complète de musicien, il n'ambitionne que de te voir compositeur de cour avec un bon salaire. Un poste de laquais, pas le statut de génie. Il ne t'imagine pas Mozart. De quelle façon le pourrait-il ? Bientôt il ne parvient plus à suivre ton exigence musicale, incapable de soupçonner l'excellence à laquelle tu aspires. Vous vous éloignez. À sa mort, non seulement tu éviteras son enterrement, mais tu rédigeras *Une plaisanterie musicale*, un pastiche qui rassemble les tics d'écriture que peut avoir un mauvais compositeur : hommage ironique au père défunt ? Aurais-tu créé autant si tu avais concrétisé son plan ? N'as-tu pas gagné à claquer la porte, à t'inventer compositeur libre, indépendant – le premier –, courant après la commande, obligé de produire pour manger, t'habiller à ton goût, élever tes enfants, gâter ta petite femme Constance...

Mozart, la société est pleine de Colloredo... Pardonne-moi d'évoquer l'homme que tu as sans doute le plus détesté, ce prince-archevêque de Salzbourg, ce Colloredo qui te traitait en domestique et qui, un jour, lassé de tes exigences, t'a fait chasser d'un coup de pied au cul par son grand chambellan. Tu dois savoir que rien n'a changé, ce sont toujours les Colloredo qui tiennent l'univers, il y a des Colloredo partout ! Colloredo, celui qui donne l'argent de l'État à des artistes qui n'ont pas de talent mais couchent dans les couloirs des ministères. Colloredo, celui qui, dépourvu de curiosité, sait toutefois ce qui vaut ou ne vaut pas en art, et, avec régularité, d'une plume aussi pompeuse que solennelle, distribue blâmes ou satisfecit. Colloredo, le critique qui, comme tous les gens cultivés, a une culture de retard et n'aperçoit même pas ceux qui conçoivent leur temps. Colloredo, le mercantile qui mesure la réussite d'une œuvre à l'argent qu'elle rapporte. Colloredo, le snob qui estime qu'une œuvre populaire est forcément mauvaise. Colloredo, qui n'apprécie pas avec son cœur et son intelligence, seulement en observant l'attitude qu'empruntent ses voisins.

Aujourd'hui, lorsque je repère un imbécile sentencieux ou un fonctionnaire inhumain, je lui colle sur le front l'étiquette Colloredo et je prononce à voix basse « Mozart » ainsi qu'on use d'un talisman contre l'adversité.

Tu as été mon secret, puis mon porte-bonheur ; j'espère que tu deviendras mon rendez-vous.

Je voudrais te rejoindre dans l'idéal d'un art simple, accessible, qui charme d'abord, bouleverse ensuite. Comme toi, je crois que la science, le métier, l'érudition, la virtuosité technique doivent disparaître sous l'apparence d'un naturel aimable. Il nous faut plaire avant tout, mais plaire sans complaire, en fuyant les recettes éprouvées, en refusant de flatter les émotions convenues, en élevant, pas en abaissant.

Plaire, c'est-à-dire intéresser, intriguer, soutenir l'attention, donner du plaisir, procurer des émotions, du rire aux larmes en passant par les frissons, emmener loin, ailleurs…

De tout temps, la production artistique s'est divisée entre art noble et art populaire, que ce soit en littérature, en peinture, en musique. De tout temps, Mozart donne la solution. Au XVIIIe siècle sévissait une querelle entre musique savante et musique galante : la musique savante appartenait au passé avec son écriture horizontale, contrapuntique, où chaque voix gardait son indépendance et parcourait son chemin en s'entrelaçant aux autres, une science que Bach avait portée à son plus haut degré de perfection dans ses fugues ; en réaction, la musique galante offrait une musique mélodique, aisée, plaisante, où l'orchestre accompagnait le chant et marquait la rythmique pour la danse. Tu as perçu les dangers qu'il y avait dans les deux camps : l'ennui. On s'ennuie d'une œuvre seulement légère, on s'ennuie d'une œuvre seulement savante. Entre ces deux mondes séparés, tu tendis le pont de ta musique, galante en apparence, savante en profondeur ; par un mélange de travail et de spontanéité, tu as permis aux contraires de se rejoindre.

Ton exemple dément les idées niaises, les doctrines manichéennes qui voudraient qu'on adopte un parti à l'exclusion de l'autre. Tant pis pour les fabricants d'incompatibilités, te voilà populaire et élitiste à la fois. Ta liberté vient du plaisir, ton seul maître ; plaisir de fredonner une mélodie évidente comme une comptine enfantine ; plaisir d'enflammer les cordes et les chœurs en une grande fugue d'église.

Cela dit, il ne faut pas s'exagérer l'importance des modèles. En art, la solution, c'est toujours le génie.

À bientôt.

P.-S. : J'écoute en boucle les quatuors que tu as dédiés à Haydn, le seul compositeur vivant que tu admirais, l'unique contemporain qui perçut d'emblée que tu étais un géant. Inspiré du début à la fin, fervent, sobre, viril, tu me fais ressentir combien il est bon pour deux hommes de s'admirer.

⑨ Quatuor n° 15
Allegro

Cher Mozart,

Lorsqu'il écrit une messe, Mozart ne pense pas que Dieu est sourd. À la différence des romantiques et des modernes, il ne rivalise pas avec le ciel en puissance sonore ni n'engage, pour s'en faire entendre, des chœurs et des orchestres autant fournis que l'armée chinoise.

D'ailleurs, lorsqu'il écrit une messe, Mozart ne suppose pas non plus que l'homme soit sourd.

Pourquoi Beethoven, Rossini, Verdi, Mahler et tant d'autres deviennent-ils tonitruants dès qu'ils entrent dans une église ? Si on compare leurs œuvres avec celles de Bach et Mozart, il semblerait que le nombre de décibels soit inversement proportionnel à la foi de l'auteur. Les retentissants veulent nous convaincre, certes, mais d'abord se convaincre. Le bruit comme compensation du doute ?

L'homme de foi murmure en souriant, seul le prédicateur incertain s'époumone sur une estrade. Toi, Mozart, tu crois en Dieu aussi naturellement que tu composes. Sans fracas, tu adores créer à l'occasion des cérémonies, qu'elles soient catholiques ou franc-maçonnes ; tu le fais à la demande, parfois spontanément, telle cette *Messe en ut mineur*, magnifique et inachevée, que tu as élaborée pour la guérison de Constance, ta femme. Là se trouve une page qui m'obsède : « *Et incarnatus est.* »

Cet air-là m'accompagne depuis longtemps.

Lorsque je ne croyais pas en Dieu, je le goûtais en tant que musique pure, une des plus belles que je connaisse. Déjà, il m'enchantait.

Maintenant que je crois, il figure ma foi, un chant qui s'élève vers le ciel, au-dessus de cette terre provoquant tant de larmes, un chant heureux, reconnaissant, pur, sans cesse renouvelé, un vol d'alouette dans l'azur. Cette musique se rapproche d'une source, conduit à une tendresse originelle, une tendresse d'où tout vient, un amour profus, diffus, la tendresse du créateur.

⑩ *Grande Messe en Ut mineur « Et incarnatus est. »*

Et incarnatus est. « Il est né. » La première chanteuse à l'entonner fut Constance, celle qui t'a donné tes fils, une mère humaine, comblée et épuisée qui s'émerveille devant l'enfant. Lors de ma période athée, je ne percevais que cela, cette gratitude, et c'était déjà beaucoup que ressentir cette joie.

Voilà, les paroles ont été murmurées, *Et incarnatus est* ; la musique peut naître. Il n'y aura plus de mots, mais un souffle, un souffle qui s'envole sur son élan.

Sous un léger tissu d'accompagnement, une dentelle fine de flûte et de hautbois, la voix se fait instrument à son tour, le plus souple toutefois, le plus long, le plus beau. Le timbre pur, appuyé, exalté, monte jusqu'à la voûte de la cathédrale avec une jubilation infinie.

Et incarnatus est. Voici le chant suave de l'adoration, une célébration de la vie. Inouï. Avec jubilation, la voix parcourt l'espace, et, ce faisant, s'enchante d'elle-même, s'entête, s'enivre. La jeune maman se révèle un peu pompette car que sont ces vocalises, sinon de l'ivresse ?

Quelque chose s'attarde, suspendu... on ne sait plus quelles sont les limites de la voix qui s'envole, agile, infinie par sa courbure ; un jeu mouvant d'arabesques s'ajoutant les unes aux autres la déploie sans jamais en atteindre le bout, sans non plus qu'elle tombe dans les grands intervalles expressifs. Une idée de l'absolu...

L'enchantement dure et la métamorphose s'accomplit. Ce n'est plus une voix, ce sont des ailes. Ce n'est plus un souffle humain, c'est une brise harmonieuse qui nous emmène au-delà des nuages. Ce n'est plus une femme, ce sont toutes les femmes, les mères, les sœurs, les épouses, les amantes. Les mots et les identités perdent leur importance : tu célèbres le miracle de l'être.

« Pourquoi y a-t-il quelque chose plutôt que rien ? » demandent les philosophes.

« Il y a ! » répond la musique.

Et incarnatus est.

Cher Mozart,

Dans ta musique, j'entends deux chants : le chant de la créature et le chant de Dieu.

Le chant de la créature, c'est celui de l'âme humaine, qui s'adresse au Créateur pour le remercier ou l'implorer, murmurant « pitié », psalmodiant *alléluia*, explosant de bonheur sur un *exultavit*, une parole terrestre, charnelle, colorée de sentiments très forts ; tes compositions religieuses, pieds dans la boue, répondent à cette fonction.

Le chant de Dieu, c'est le point de vue du Créateur. Il me semble que, parfois, tu te hisses à ce niveau. Là, il n'y a plus de sentiments mais l'après des sentiments, le point de vue dominant, la paix enfin…

Plusieurs fois, grâce à toi, je me suis évadé de ce monde pour rejoindre Dieu en écoutant l'adagio du 21e concerto.

⑪ *Concerto pour piano n° 21 Andante*

Dieu m'a invité dans son avion. Nous survolons le globe. Assis dans son cockpit, nous admirons la création.

En maître du domaine, Il me propose le tour du propriétaire.

Lui accomplit ce trajet chaque matin.

D'ailleurs, de son siège, c'est toujours le matin. Où qu'il se trouve, quelle que soit l'heure, quel que soit le côté de la cabine d'où nous regardons, voici l'aube qui pointe, la clarté frise à l'horizon, la lumière dilue l'obscurité, le ciel s'éclaircit, l'être gagne contre le non-être.

Nous n'apercevons que des victoires douces, des victoires roses.

Il me désigne les troupeaux de nuages qui lentement paissent au-dessus de la planète, le bleu profond et attirant de l'océan, les fleuves immobiles qui forment les veines des continents, les villes minuscules, les montagnes poudrées, les pôles blancs et plats...

De temps en temps, nous croisons un troupeau d'oies sauvages qui ne prêtent pas attention à nous, ou un satellite qui brille tel un sapin de Noël...

L'avion de Dieu n'a pas de moteur, c'est un planeur aux ailes longues et larges qui se soutient sur le vide.

Dieu ne touche pas les commandes ; très concentré, il pense les directions, lève les yeux et nous virons.

Le voyage dure le temps de ta musique. Une seconde dilatée en éternité. Nous évoluons sur la buée cosmique. Là où nous voguons – Dieu, toi et moi –, il n'y a plus de vent, plus de chaos, plus de turbulence.

Comment trouves-tu le moyen de représenter l'apesanteur ou même la pesanteur restreinte, toi, l'homme d'une époque qui ignore ces concepts ? Ta musique demeure suspendue, si proche du silence...

les couleurs du silence... peut-être le battement du cœur du silence...

Le chant du piano monte et descend, comme l'aile de notre avion, égal, moelleux, tout s'équilibre... nous planons.

Quand le morceau cesse, de retour sur la piste, le casque à la main, étourdi, titubant, doutant d'avoir vécu ce moment éblouissant, j'adresse un geste d'adieu au pilote divin qui disparaît, gardant au fond de moi le souvenir d'un état serein auquel seule la plus intense des méditations pourrait me reconduire.

Ta musique, qui d'ordinaire révèle si bien les sentiments, parvient cette fois à exprimer leur disparition. Paix. Béatitude.

Tu permets l'accès à la vie mystique par l'art des sons. Tu nous ouvres les yeux sur l'invisible.

L'œil de Dieu...

Encore une fois, comment fais-tu ? D'où tiens-tu ce savoir ?

Cher Mozart,

Peux-tu m'aider à retrouver cette petite musique que tu m'envoyas au cours de mon enfance ? Je la cherche depuis des années...

Il s'agit d'une chanson douce qui me donnait du bonheur, une chanson qu'on fredonnait à deux voix, une mélodie claire et mesurée qui m'apportait la paix.

Une fois par semaine, dans notre salle de classe, l'instituteur se dirigeait solennellement vers l'énorme poste de radio brun qui trônait sur une étagère, aussi lourd et imposant que le coffre d'une voiture, un appareil trapu qui avait dû capter Radio-Londres pendant la guerre, où, en tournant un bouton rond, gros comme sa main, il activait une faible lumière. Ce réveil provoquait quelques crachats de la bête furieuse d'être dérangée, qui se secouait, s'éclaircissait la gorge, vrombissait, feulait, menaçait d'exploser de colère puis s'apaisait pour nous transmettre « le programme musical ». À l'époque, tous les enfants de France, le vendredi après-midi, à trois heures précises, se mettaient debout à côté de leur pupitre, dos droit, mains sur les reins, bouche bien ouverte, afin de suivre le cours diffusé par le service national. Nos maîtres, fidèles à la tradition française qui exige qu'un intellectuel soit nul en musique, se contentaient de nous regarder, d'assurer la discipline d'un sourcil sévère, et, parfois, d'agiter une règle, histoire de se donner l'illusion qu'ils dirigeaient une chorale.

Au milieu des comptines, entre l'hymne patriotique et les chansons anciennes célébrant les sources, les fontaines et les oiseaux, il y avait un air de toi que j'adorais. Sans doute le premier message que tu m'envoyas… Il gonflait ma poitrine de joie, je l'entonnais avec ivresse. Même les camarades dotés des voix les plus sales n'arrivaient pas à l'enlaidir, ceux qui ne parvenaient pas à le restituer, peinant sur le rythme ou l'intonation, préféraient mimer le chant en ouvrant des bouches de poissons rouges. Je me remémore ma fierté lorsque l'instituteur, une fois, exigea que la classe se taise et que seuls deux élèves, Isabelle et moi, entonnent cette chanson.

Nous avons mis tout notre cœur dans nos voix, Isabelle et moi. J'eus l'impression de voler sur les ailes de la musique ce jour-là, et je me souviens qu'à la fin, l'œil de l'instituteur refoulait une larme.

Mozart, dis-moi ce que chantaient avec tant de ferveur ces deux enfants de sept ans ?

J'ai retenu les notes initiales ainsi que les paroles françaises :

« Ô Tamino, mon cœur t'appelle… »

Qui est ce Tamino ?

Et qui l'appelle ?

Que nous faisais-tu dire qui nous bouleversait tant ?

Cher Mozart,

En écoutant *La Flûte enchantée*, j'ai retrouvé l'air de mon enfance. Merci d'avoir répondu à ma question.

Quelle magnifique idée tu as eue : créer un duo d'amour qui ne soit pas un duo d'amants ! L'homme et la femme qui chantent ensemble ne sont pas destinés l'un à l'autre, chacun manifeste son aspiration à aimer, pourtant chacun se tournera bientôt ailleurs : Pamina s'offrira à Tamino, Papageno à Papagena. Cependant, Pamina et Papageno joignent leurs voix pour célébrer l'amour.

⑫ *La Flûte enchantée*
Acte I
Duo de Pamina et Papageno

Un autre opéra contient-il cela ? Je ne le crois pas... Un chat et une chatte qui murmurent en dehors des périodes de chaleur... Un duo désintéressé, un duo sans griffes, sans feulements, sans caresses, un duo détaché de l'orgasme, un duo qui n'est ni un prélude, ni un postlude aux échanges de fluide... Un duo d'amour universel plutôt que l'expression de petits arrangements égoïstes et particuliers...

Il y a là quelque chose de pur, d'évangélique… L'amour célébré comme une valeur sacrée. L'offrande.

Voilà pourquoi deux enfants pouvaient le chanter en s'engageant avec ferveur ! L'homme vante l'amour, la femme aussi, toutefois aucun n'attend rien de son partenaire. Pas de stratégie. Bas les pattes. L'amour au-delà du sexe. Cet amour que les enfants comprennent et éprouvent, tandis que nous, les adultes, l'oublions pour nous livrer à nos contorsions brutales, parfois jouissives, toujours brèves.

Ici, la sensualité demeure, dans la pulsion rythmique, son balancement, et cet envol lorsque cette vocalise crémeuse déploie sa joie vers le ciel… mais le respect s'impose. Il y a quelque chose de recueilli dans cette mélodie, une pudeur, une sorte de considération envers ce qu'on célèbre, rien d'hystérique, rien d'exalté. Une honnêteté.

Voilà l'amour dont tu me parles, l'amour tel que je l'envisage, l'amour dont on n'est ni la proie ni la victime, l'amour que l'on veut avec sa volonté. Un amour qui dépasse la pulsion, la sexualité, l'attirance des corps.

Un chemin ouvert devant soi, qu'on emprunte librement, en plein jour.

L'amour vainqueur de nos amours…

Cher Mozart,

L'enfance est un pays que l'on traverse sans s'en rendre compte. Arrivé aux frontières, si l'on se retourne, on remarque le paysage, mais c'est déjà trop tard.

L'enfance ne s'aperçoit qu'une fois quittée.

J'ai longtemps pensé qu'il y avait une seule manière de la regagner : par le souvenir. La mémoire parfois, sous l'effet de la volonté ou d'une sensation, permet d'en découvrir des fossiles.

Or il existe un autre chemin, pas souterrain celui-là, moins obscur, qui redonne accès à ce territoire lointain : l'art.

Tu m'as révélé cette nouvelle voie en me faisant entendre *La Flûte enchantée.* Une chose me frappait : ton opéra le plus enfantin, peuplé de monstres, de trappes, d'animaux qui dansent, de palmiers en carton et d'instruments magiques, s'avère ton ultime opéra. Lorsque tu avais onze ans, tu composais des drames beaucoup plus sérieux, plus adultes, plus graves, plus ternes.

L'esprit d'enfance vient avec les années.

Comme toi, en tant qu'auteur, je ne me suis montré capable d'écrire des histoires dont les héros sont des enfants qu'une fois passé mes trente-cinq ans...

À quoi cela tient-il ?

Sans doute faut-il beaucoup de maîtrise et d'abandon pour oser la simplicité. On doit renoncer à épater les pédants, les demi-érudits, tous ces personnages érigés en juges qui ne discernent le talent que si une complexe sophistication l'encombre, qui détectent l'intelligence au fait que quelque chose leur échappe et qui repèrent le génie à l'inavouable ennui qu'ils éprouvent. Un art qui se revendique savant, qui souligne à chaque instant ses origines et ses ambitions culturelles, un art bien prétentieux gagne aisément la faveur des esprits qui se croient sérieux. En revanche, il prend le risque d'attirer le mépris des censeurs, celui qui s'avance vers eux, presque nu, muni de sa seule grâce et d'un sourire.

Il faut un surcroît de travail et de modestie lorsqu'on veut parvenir à un art clair, évident.

Toutefois le labeur et l'humilité ne suffisent pas.

Quand l'enfance a disparu, il se crée, parfois, chez les plus sensibles d'entre nous, vers quarante ans, l'esprit d'enfance.

Ça arrive tard, l'esprit d'enfance : c'est un souci de vieux.

Un talent trop précoce en demeure dépourvu. Les enfants prodiges sont insupportables, non par leurs dons, mais parce qu'ils ne sont plus des enfants. Ils rivalisent avec les adultes, ils les miment, ils les imitent ; y compris quand ils les dépassent, ils les singent encore. Ils n'expriment pas leur monde, ils viennent s'exprimer dans le nôtre. Aussi ne puis-je m'empêcher, lorsque je subis les exploits de ces virtuoses prématurés, d'avoir l'impression d'écouter des nains plutôt que des gamins. Malgré l'habileté flagrante de ces adultes rétrécis, je renifle l'imposture. Quelle que soit l'admiration qu'on marque, on est toujours gêné lors des expositions de bonsaïs, on a mal pour eux, pour leurs racines amputées, leurs branches tordues, leur soif trompée, on ressent la violence infligée à la nature, l'entorse au développement, on éprouve du ressentiment contre le bourreau esthète qui a triomphé d'un plus faible que lui...

Même écrites par toi qui fus enfant prodige, les œuvres d'enfance n'ont rien d'enfantin, rien de maladroit. Lorsqu'on y prête l'oreille, on croit reconnaître les compositions solides d'un de tes contemporains adultes, celles de ton père par exemple. À de rares exceptions près, elles ne sont pas surprenantes en soi ; le surprenant, c'est que tu les aies rédigées à cet âge-là. Durant tes vingt premières années, tu fais montre de beaucoup de savoir. Défaut de jeunesse, le savoir. La simplicité arrive ensuite. Et l'enfance à la fin.

Au fond, tu es la preuve qu'on peut survivre à une enfance prodige. Et que le talent, l'habileté technique, la virtuosité n'empêchent pas, un jour, l'inspiration et le génie de s'imposer.

Dans *La Flûte enchantée*, l'esprit d'enfance est advenu.

Qu'est-ce ?

Pour l'appréhender, il faut avoir fréquenté ce pays en marge, où l'amour lie les êtres, un univers riche de douceurs, de câlins, de mélodies maternelles, de bras sur lesquels on s'assoupit. Sous ce ciel-là, on se réveille avec autant de bonheur que l'on s'endort, on s'abandonne passionnément au jeu, on se jette tout entier dans ce qu'on fait, chaque instant se savoure, intense. Le maître sentiment de ce lieu chaleureux est la confiance : on ne doute pas d'être aimé, on ne doute pas qu'il y ait un sens aux choses, on ne doute pas qu'il existe des réponses aux questions qu'on se pose. Si l'on étudie, ce n'est pas pour se nourrir ou échapper à la misère, c'est surtout pour satisfaire ses parents. Lorsqu'on reçoit une sanction, c'est de la main qui, peu après, nous cajolera ou nous offrira un gâteau. Pour autant, l'enfance ne reste pas dépourvue de frayeurs considérables, d'inquiétude devant la cruauté, de révoltes contre l'injustice ; il y règne toutefois une intense foi lumineuse.

L'enfance est une métaphysique, la conviction qu'il y a un ordre, un sens, une bienveillance au-dessus de nos têtes, ces grandes personnes admirées et redoutées qui détiennent tant de secrets. L'univers apparaît mystérieux davantage qu'absurde. Peut-être est-il immense, profond, ignoré, ténébreux, cependant ni vide ni instable... S'il m'échappe en partie, ce n'est pas parce qu'il est illimité mais parce que, moi, l'enfant, je suis limité ; j'ai néanmoins la possibilité de l'explorer ou de consulter un père, un professeur, un maître, un quelconque Zarastro plein de savoir et de sagesse ; je verrai plus tard... Ne vivant qu'au présent, j'estime avoir le temps...

Y a-t-il un âge plus intelligent que celui où l'on apprend, où l'on s'étonne ? plus actif que celui

Ma vie avec Mozart

où l'on ne gagne pas son pain ? Pourtant l'enfant demeure humble, convaincu de son infériorité. Il se sait faible – raison pour laquelle il se rêve si souvent en héros –, il n'ignore pas qu'il ignore, il a besoin des autres qu'il est disposé à aimer, dont il attend spontanément qu'ils l'aiment en retour.

Il croit à des pouvoirs que les hommes n'ont pas encore humiliés, le pouvoir des mots, le pouvoir des fables, le pouvoir de la musique. Les premiers mensonges lui feront perdre la confiance dans les mots, les premières fables démenties le rendront sceptique, et peu à peu le bruit couvrira la musique.

Toi, Mozart, à quelques mois de ta mort, tu y crois toujours. À moins que tu n'y croies enfin…

En composant *La Flûte enchantée*, tu ne racontes que cela, le pouvoir de la musique sur les esprits, un pouvoir salvateur, pacifiant, régénérant.

⑬ *La Flûte enchantée Acte I Extrait du Finale*

Tu fais mieux que le narrer, tu l'exprimes.

Comment retrouve-t-on l'enfance en musique ?

Par l'économie des moyens. Il faut peu de choses pour occuper un petit : un crayon, un bout de carton, une chaussette qui sert de marionnette. Tu allèges l'orchestre afin de le rendre aérien, coloré, timbré, au service d'un trait rond et d'un clair dessin des phrases de sorte que la musique ressemble à un corps de gamin, un corps frêle, souple même s'il n'est pas doté de puissance athlétique. Un corps menu.

Élaborer une mélodie simple qui ne soit pas sommaire, évidente qui ne soit pas rustique, cela demande beaucoup de talent, de travail et de goût.

Certainement a-t-on besoin d'accéder à un âge avancé pour y arriver. Toi, tu y parviens à trente-cinq ans. Tu réussis même, dans *La Flûte enchantée*, à rapprocher la musique du silence, car tu sais que la contemplation et l'émerveillement – ces dons de nos vertes années – ne sont éprouvés que loin du bruit.

Cher Mozart,

Savais-tu, lorsque tu composais, que tu écrivais de la musique ancienne ?

Eh bien, rassure-toi : aujourd'hui quelques individus s'en rendent compte à ta place. Avant de t'interpréter, toi, l'homme moderne qui a été si sensible aux progrès de la facture instrumentale, ils vont chercher des trompettes usagées, des cordes pourries, des pianoforte antédiluviens qui semblent jouer du fond d'une piscine. Certains vont même jusqu'à s'habiller en costume du XVIIIe siècle, se poudrer, se coiffer d'une perruque, et j'en soupçonne quelques-uns, par fidélité aux usages de ton temps, d'aller uriner derrière les rideaux du salon.

Récemment j'ai proposé à l'un d'eux de se faire arracher une dizaine de dents pour s'approcher de ton époque.

Cher Mozart,

La musique répond oui à une question qu'on ne formule pas toujours.

C'est ce que j'ai éprouvé, à quinze ans, lorsque tu m'as retenu de me suicider. C'est ce que j'éprouve, jour après jour, lorsque j'ai besoin d'entendre quelques notes, le chant d'une voix ou de passer une heure à jouer du piano. Telle une éponge qui reprend du volume, je constate que je vais mieux.

Mais en quoi allais-je mal ?

La musique panse notre inquiétude fondamentale : que faisons-nous sur terre, avec ce corps friable et cette pensée bornée ? Apaisante, tout entière dévouée à la célébration de l'être, elle nous arrache à la tentation du vide et nous remet sur le chemin de la vie. Les religions, qu'elles soient d'Église ou d'État, le savent bien puisque leurs rites utilisent la musique en permanence.

L'expérience de la musique a partie liée avec l'expérience mystique.

Connaissant les deux, je ne peux m'empêcher d'en souligner les similitudes secrètes.

On traverse un moment où, enfin, les questions cessent. Lors de ma nuit sous les étoiles, perdu dans le désert du Sahara, tandis que j'avais l'intuition de me trouver en compagnie de Dieu, l'interrogation – cette tension, ce souci permanent de mon esprit – s'est interrompue pour laisser place à une plénitude satisfaite. L'être l'emportait sur le néant, la présence sur l'absence, le son sur le silence. Comme lorsque je t'écoute.

Expérience mystique ou expérience musicale, il s'agit d'un instant suspendu dans le temps. L'événement se révèle si intense qu'on ne peut le mesurer à l'aune habituelle des secondes, des minutes ou des heures. On participe à une extase détachée qui a ses propres lois, son organisation.

Même si l'intellect se tait, cela n'est pas dépourvu de signification. Au contraire, on ressent qu'un autre ordre se substitue à celui qu'on a appris, une logique inédite, souterraine, sans doute celle des sentiments.

Cher Mozart,

Dans ma vie, je n'ai eu que des chats mozartiens. Le plus récent s'appelle Léonard. Présentement, les yeux mi-clos, lové sur les feuilles de mon bureau, hésitant entre le jeu et le repos, il surveille distraitement mon stylo. De temps en temps, lorsque la plume s'approche et produit son grattement de souris contre la page, il l'attrape d'une patte lisse comme une moufle et lui impose le silence. Mais j'ai idée que le petit félin se contraint à gêner mon travail : par pure complaisance, il s'arrache au sommeil pour me signifier qu'il ne m'oublie pas ; en réalité, son corps s'endort déjà, il offre son ventre aux rayons chauds du jour, ses membres s'étirent en vue d'un bien-être prochain, ses paupières se ferment, il a rendez-vous avec ses rêves.

Tous les chats sont tes disciples. Ils avancent avec grâce, incapables de maladresse, le geste juste, précis, économe, vifs dès qu'il le faut, songeurs l'instant suivant, bondissant de l'action à l'immobilité, de l'allegro à l'adagio, avec une détente souple, des réceptions souveraines. Si l'on voit des chiens courir étancher leur soif dans une flaque, se jeter sur leur écuelle, s'essouffler, se fatiguer, les chats, eux, donnent l'impression de la facilité, jamais de l'effort, sans condescendre à révéler qu'ils ont, eux aussi, un organisme soumis à des besoins ou des limites ; ils semblent ne se mouvoir que par plaisir, pour l'agrément de nos yeux.

Au conservatoire de musique, les chiens demeurent des apprentis, les chats deviennent des maîtres. Chez le canin, la volonté met en branle une carcasse lourde, les intentions restent manifestes. Chez le félin, l'art cache l'art, le labeur dissimule le labeur, l'élégance ne se remarque pas tant elle paraît naturelle. Oui, en ce bas monde, seuls les chats surent tirer des leçons de ton passage sur terre, seuls les chats sont mozartiens.

D'ailleurs, as-tu constaté combien il est difficile d'évoluer sur ta musique ? J'ai rarement été convaincu par les ballets que des chorégraphes pourtant talentueux ont tenté de créer à partir de tes œuvres.

Quel rapport avec les chats, me diras-tu ? Mais la grâce... La tienne est telle que celle du danseur le plus expérimenté a toujours l'air gauche, studieuse, empruntée. Par contraste avec la fluidité de ta phrase, on note les pieds trop grands, la raideur de la jambe qui ne plie qu'au genou, le dos si peu flexible, l'épaisseur des articulations, le bruit que fait le corps au plancher lorsqu'il se réceptionne, la sueur qui vient poisser la peau, auréoler le costume, dégouliner sur le visage en ruinant le maquillage, comme pour prouver que les apparences ne peuvent résister longtemps. En danse, la matière gagne contre l'esprit ; pas dans ta musique. Ton cœur à toi bat sans s'affoler, sans faiblesse, sans usure, soumis à un autre rythme que nos cœurs de sang et de viande.

Hier soir, à l'Opéra, j'assistais à un ballet chorégraphié sur tes œuvres et j'ai cru que, par malice, tu brouillais ma vue. Si j'entendais bien ta musique sortir de la fosse d'orchestre, sur scène j'avais l'impression de découvrir une nouvelle troupe. Les danseurs, si fins et si élégants d'ordinaire, affichaient soudain une musculature hypertrophiée, exécutaient leurs pas avec des grâces de culturistes à un concours de biftecks ; quant aux ballerines, on aurait dit une troupe de lutteurs turcs, le maillot augmenté d'un tutu, se livrant à une succession de grimaces et de mignardises empruntées, menées au combat par leur étoile, habituellement divine, muée en haltérophile sur pointes. Mon cher Mozart, la légèreté aérienne de tes notes avait alourdi les éphèbes et épaissi les sylphides, transformant le spectacle en carnage.

Il aurait fallu une troupe de chats pour danser sur ta musique. Mais ces animaux-là, fiers et indociles, n'accepteraient pas même de répéter.

En ce moment, pourtant, Léonard exécute un solo sur un de tes mouvements lents : il dort. Il est parfait. Plein, doux et rond.

Et tout à l'heure, lorsque ses paupières se lèveront sur ses yeux d'or émaillés de pistache, il sautera au sol, prêt à jouer, et il attaquera l'allegro vivace…

Cher Mozart,

Je ne t'ai pas beaucoup écrit car j'ai été souffrant, ces derniers mois. Aujourd'hui encore, je stagne au fond d'un abîme de fatigue.

À toi pas davantage qu'aux autres je ne nommerai les maladies qui m'affectent et rendent difficiles mes nuits autant que mes jours ; j'ai toujours éprouvé de la gêne à évoquer ces événements organiques. Sache simplement que je suis passé par les nausées, la fatigue, l'absence d'envie, l'angoisse ; parfois j'ai de la peine à me mouvoir et je demeure, vide de forces, sur une marche d'escalier sans même pouvoir rejoindre l'étage où ma chambre m'attend.

Tu m'as apporté un grand soutien.

Plus régulier que le soleil derrière ma fenêtre, tu es venu avec ta lumière, ta joie, ton énergie.

Merci.

Cher Mozart,

Tu me parles du monde d'où je viens.
Un monde d'avant le langage, un monde de pulsions et d'émotions, quelque chose qui se trouve sous le verbe. Tu me fais entendre la partition sentimentale de l'existence.

Nous autres, pauvres écrivains, nous sommes obligés de détailler cette palpitation en phrases, en formules. Si nous pouvons nager, ce n'est qu'en dehors de l'eau. Certains mystères ne se laissent pas fouiller par les mots.

Grâce à toi, dans ce monde, en quelques notes, j'y retourne aisément.

Cher Mozart,

Pourquoi ai-je mis si longtemps à remarquer que tu m'avais consacré un opéra ? Oui, tu as éternisé notre histoire, à toi et moi…

Il m'a fallu arriver à la quarantaine pour noter que, ta dernière année sur terre, tu avais composé une œuvre théâtrale qui raconte comment la musique peut changer la vie d'un adolescent de quinze ans qui veut mourir : *La Flûte enchantée*.

Le héros, Tamino, risque la mort parce qu'il est poursuivi par un horrible monstre, un dragon serpent. Tombant évanoui – coma ou dépression ? –, il se réveille face à trois dames très bien chantantes qui lui confient une flûte magique afin d'avancer dans la forêt obscure.

Quelles sont les propriétés de cette flûte magique ?

Prince, accepte ce présent,
notre Reine te l'envoie.
Cette flûte enchantée te protégera,
elle te soutiendra dans la détresse.
Elle te donnera un grand pouvoir,

celui de modifier les passions humaines :
le mélancolique deviendra tout joyeux,
le solitaire tombera amoureux.
Cette simple flûte a plus de prix
que l'or et les couronnes,
car elle accroît la joie
et le bonheur des hommes.

> ⑭ *La Flûte enchantée*
> *Acte 1 Extrait du Quintette de Tamino,*
> *Papageno et les trois dames*

Puissance de la musique…

Comme tu le dis, elle est capable de nous conduire du désespoir morbide à l'appétit de jouir.

J'ai envie de revenir en arrière pour tenter de comprendre comment le garçon que j'étais put passer, en quelques minutes, d'une vision suicidaire à une passion gourmande… À cette époque, je croyais que le monde mourait alors que c'était moi qui mourais au monde, en m'en détachant, en me coupant de ses odeurs et de ses saveurs.

À quinze ans, j'avais besoin d'absolu.

Seul, je n'avais découvert que l'absolu du rien. Toi, tu m'as montré l'absolu du beau. Au fond, tu as dévié mon idéalisme en l'orientant du néant vers l'être.

Qu'est-ce que le goût de l'absolu ? Le désir de rejoindre quelque chose de parfait, de complet, d'exhaustif. Ce souci de perfection peut aisément s'attacher à la mort car un extrémiste trouvera dans le néant l'absolue perfection, la perfection négative.

Tu m'as guéri en me désignant une voie différente. Pour autant, tu n'as pas supprimé mon goût de l'absolu.

Cela aurait pu être un mal se substituant à un mal, un traitement médical dont les effets secondaires se seraient révélés, à long terme, aussi pervers que la maladie soignée ; tu m'exposais à m'enfermer dans la musique, à ne rêver que de notes, de rythme, de timbres, d'accords, à encercler mon existence par une barrière de portées à cinq lignes, et à me retrancher derrière l'esthétisme. Or ton enseignement ne faisait que commencer : tu écris de la musique pour des raisons extramusicales ; tu composes pour raconter l'humanité, représenter nos caractères, explorer nos contradictions, figurer nos tensions, exprimer nos ferveurs, transmettre des valeurs.

Ta musique ne conduit pas à la musique ; elle conduit à l'humanisme.

PAMINA ET TAMINO
Maintenant viens et joue de ta flûte,
elle nous guidera sur la terrible route.
Nous marchons par la magie de la musique
sans peur à travers les ténèbres et la mort.

⑮ *La Flûte enchantée*
Acte II Extrait du
Finale

Bienfait de t'écouter : la vie est toujours entourée par la mort mais n'en a plus le goût.

Cher Mozart,

Avons-nous été angoissés de naître ? Je ne m'en souviens pas.

Ce matin, je songeais à un bébé accoudé au balcon de l'utérus. Que penserait-il s'il contemplait, à l'avance, le spectacle de l'existence qui l'attend en dehors du ventre ? Peut-être serait-il horrifié par certaines horreurs ? Ou tenté par les splendeurs du monde ?

Fort heureusement, clos dans les murailles chaudes du flanc maternel, il n'imagine même pas.

Faisons comme lui. Clos dans les murailles de cette vie, pourquoi serions-nous angoissés de mourir ?

Cher Mozart,

Longtemps, ta disparition prématurée fut à mes yeux un argument contre Dieu. À ceux qui clamaient : « La musique de Mozart m'attire vers Dieu », je répliquais : « La mort de Mozart m'empêche de croire en Dieu. » Trente-cinq ans et encore tant de choses à accomplir... N'est-il pas injuste qu'un génie comme toi meure jeune alors que tant de crétins vivent vieux ? Si Dieu existe et s'intéresse aux hommes, peut-il laisser agoniser Mozart et faire prospérer Hitler ?

Puis j'ai compris l'inutilité de ce genre de réquisitoires. On ne doit pas accuser Dieu des événements organiques car ils ont leurs propres lois, soumis au hasard. Du point de vue de Dieu, avec la naissance nous est donnée la mort : le lot demeure égal pour tout homme.

Une vie, c'est forcément un édifice inachevé. Ton *Requiem* restera inachevé.

Il s'arrête sur un silence, le seul accord définitif, et celui-ci, Mozart, tu ne pouvais ni ne voulais l'écrire.

Requiem ou prélude au silence... Personne n'entendra la messe qu'on l'on jouera lors de ses funérailles. Même pas toi.

Je doute d'aimer ton *Requiem*... Est-ce dû à son caractère composite, puisqu'un de tes élèves, brusqué par ta veuve, l'acheva à ta place ? À ses couleurs sombres, noirâtres, fumantes, qui révèlent ton épuisement nerveux ? Je l'ignore. Après des dizaines d'écoutes à la fois passionnées et réticentes, j'en conclus surtout que je refuse d'admettre ton départ.

Une lettre de toi, rédigée lors de tes heures ultimes, te ressemble davantage, pour une fois, que ta musique. « Je suis sur le point d'expirer. J'ai fini avant d'avoir joui de mon talent. La vie, pourtant, était si belle, la carrière s'ouvrait sous des auspices tellement fortunés... Mais on ne peut changer son propre destin. Nul ne mesure ses propres jours ; il faut se résigner : il en sera ce qu'il plaira à la Providence. »

Tu quittes la terre le 5 décembre 1791. Depuis, tu ne nous as plus jamais abandonnés.

Le génie est un paysage trop vaste pour que les contemporains l'aperçoivent pleinement, ils n'en appréhendent que les détails évidents, tels le talent, la prolixité ou la virtuosité ; il a fallu plusieurs siècles afin qu'on prenne la mesure du tien. Toi, le petit homme pressé, éperdu de reconnaissance immédiate, tu avais besoin de temps pour que l'humanité réalise que tu étais un géant.

Cher Mozart,

Il n'y a pas une histoire de la musique mais une géographie de la musique. Sur une mappemonde multicolore existent plusieurs continents, le continent Bach, le continent Mozart, le continent Beethoven, le continent Wagner, le continent Debussy, le continent Stravinski... Parfois des océans massifs peints en bleu profond les séparent ; parfois, seul un détroit étroit marque la frontière, comme entre Debussy et Stravinski ; plus rarement, les territoires se chevauchent en raison d'une continuité géologique, ainsi Mozart et Beethoven partagent-ils un fleuve comme délimitation.

Non loin des masses continentales se détachent certaines îles plus ou moins importantes : l'île Vivaldi ou la péninsule Haendel autour de Bach ; les archipels Schumann ou les atolls Chopin aux environs de Beethoven. De temps en temps, à la faveur d'un raz-de-marée, on doit redessiner les cartes car, s'il est rare que des territoires disparaissent, il est courant que de nouveaux émergent.

Si la musique constitue une géographie, cela signifie que nous sommes devenus des voyageurs.

Nos pérégrinations musicales n'ont rien d'une visite guidée, linéaire, fastidieuse qui emprunterait le chemin des siècles ; elles relèvent plutôt de raids libres, imprévus, imprévisibles, de sauts désordonnés effectués par lestage en parachute. Un jour chez Mozart, l'autre chez Debussy... Cette luxueuse fantaisie – avoir accès à tout –, les techniques modernes nous la permettent.

On ne découvre ni on n'aime les compositeurs dans l'ordre successif où ils sont apparus. Et si je me sens bien chez toi, Mozart, cela ne signifie pas que j'éprouve la nostalgie de ton temps ni que j'ai une sensibilité de ton époque puisque, une heure plus tard, je séjournerai chez Messiaen en passant par Ravel.

Cela dément de surcroît cette absurde notion d'un progrès en musique, comme si Schoenberg avait quelque chose de plus que Bach... Sur le globe de la musique, il n'y a que des univers...

Cher Mozart,

Tu es mort à trente-cinq ans.
Aujourd'hui, j'en ai quarante-cinq. Déjà, je te survis. Est-ce bien utile ?
Je m'enfonce vers des âges qui te sont restés inaccessibles. Découvrirai-je quelque chose que tu n'aies deviné ? J'en doute ; toutefois je te le ferai savoir au moment de payer l'addition.
As-tu été heureux ? Tu as manqué d'argent, de commandes, de sécurité alors que, de nos jours, tu toucherais des droits d'auteur qui te permettraient de racheter toute l'Autriche. Ton existence fut composée de malchances aussi nombreuses que durables. Bien que tu aies connu la gloire enfant, adulte tu n'obtins pas même la reconnaissance. Et tu n'as pas eu le temps d'exercer ton rôle de père ; seuls deux de tes enfants deviendront grands, deux garçons que tu n'élèveras pas et qui s'éteindront, privés d'héritiers.
Que faisons-nous sur terre ? Et surtout, qu'y laissons-nous ?
Il n'y a pas de descendance Mozart. Ta gloire n'est pas de chair mais d'art.

Heureux, je ne sais si tu le fus ; je suis certain en revanche que tu nous as fourni en bonheur davantage que n'importe qui. Par millions, nous dépassons tes trente-cinq ans sans laisser autant de trésors de joie derrière nous.

Quarante-cinq ans… jusqu'à ce jour, j'étais orphelin de toi, mon aîné, mon guide, mon maître ; et voilà que d'orphelin, je vais me transformer en père, plus mûr que toi… Le père d'un enfant mort. Tu vas rajeunir tandis que je vais vieillir.

Je rougis en songeant que, un temps, j'ai eu honte de t'aimer. Sotte réserve que je n'éprouve plus. Dire « j'aime Mozart », c'est se mettre nu et avouer qu'au fond de son âme les autres peuvent encore apercevoir un enfant, une joie, une allégresse. Dire « j'aime Mozart », c'est crier qu'on veut rire, jouer, courir, rouler dans l'herbe, embrasser le ciel, caresser les roses. Mozart, c'est la vitalité, les jambes rapides, le cœur qui bat, les oreilles qui bourdonnent, le soleil qui pose son étreinte chaude sur notre épaule, le lin de la chemise qui frôle le sein, la merveille de vivre.

Tu donnes des cours de bonheur en rendant leurs saveurs aux choses, en extrayant du moindre moment un goût de fraise ou de mandarine. Petite Musique de Nuit ? Non, Grande Musique de Lumière. Avec allégresse, tu renouvelles notre existence en un chant jubilant, où même la douleur et le malheur se rangent à leur place car, être heureux, ce n'est pas se protéger du malheur mais l'accepter.

Quand je songe que j'ai eu honte… Honte de t'avoir aimé d'abord. Et de t'aimer encore. Honte d'avoir si peu évolué.

Maintenant je ne l'avoue plus, je le clame : Mozart, je t'aime. Et lorsque je dis Mozart, je ne dis pas que ton nom, je désigne le ciel, les nuages, le sourire d'un enfant, les yeux des chats, le visage des gens que j'adore ; ton nom devient un code chiffré qui renvoie à ce qui est digne d'affection, d'admiration, d'étonnement, à ce qui bouleverse et pince le cœur, toute la beauté du monde.

Je suis passé dans le parti de la vie. Il faut tant de temps pour être simple.

Je t'embrasse.

P.-S. : Un jour, je m'éteindrai à mon tour. Qu'est-ce que tu me conseilles, comme musique, pour ce moment-là ? Jette un œil dans ton répertoire, s'il te plaît, et fais-moi une suggestion. Je ne souhaite ni un air triste ni un morceau pompeux, et je me demande bien ce qui conviendrait.

Message de dernière minute.

*⑯ La Flûte enchantée
Acte 1 Extrait du
Quintette*

LES DAMES
Trois jeunes garçons, beaux, doux et sages, vous apparaîtront au cours de votre voyage, ils seront vos guides ; ne suivez que leurs conseils.
TAMINO ET PAPAGENO
Trois jeunes garçons, beaux, doux et sages nous apparaîtront au cours de notre voyage.
LES DAMES
*Ils seront vos guides ;
ne suivez que leurs conseils.*
TOUS
*Adieu, nous devons partir.
Adieu, adieu. Nous nous reverrons.*

Bien à toi,
Mozart

QUAND JE PENSE
QUE BEETHOVEN EST MORT
ALORS QUE TANT DE CRÉTINS
VIVENT…

Victor Hugo disait que « la musique, c'est du bruit qui pense ». J'aurais envie d'ajouter qu'elle est aussi « du bruit qui fait penser » tant elle nous console, apaise, enthousiasme ou régénère. Les compositeurs nous communiquent leur folie, leurs désirs, leurs conceptions du monde, et, quand ils détiennent une philosophie cohérente, ils nous délivrent leur sagesse. Si nous leur prêtons l'oreille, ils deviennent nos guides spirituels.

Quand je pense que Beethoven est mort alors que tant de crétins vivent appartient à une série de livres consacrés aux musiciens comme maîtres de vie. Le premier texte de ce cycle, « Le bruit qui pense », était *Ma vie avec Mozart*.

Suivront bientôt Bach et Schubert…

Entre Beethoven et moi, ce fut une histoire brève mais forte.

Il apparut dans ma vie lorsque j'avais quinze ans puis la quitta quand j'atteignais les vingt. Pendant cette période, il s'installa, poussa les meubles, cala ses disques à côté de mon électrophone, empila ses partitions sur le piano droit, enseigna à mes doigts ses pages les plus passionnées, m'arracha des larmes avec ses symphonies et devint le maître de mes émotions, m'en insufflant de nouvelles, bouleversantes. Afin de marquer son territoire dans ma chambre d'adolescent, il introduisit, par l'entremise d'une tante qui revenait d'Allemagne, son buste en résine peinte, sculpture tourmentée qu'il me conseilla de placer sur ma table de nuit, sous le portrait de Mozart épinglé au mur. Ce fut la seule fois où je lui résistai ; par je ne sais quelle prudence – sans doute la crainte de ne pas m'endormir auprès de ce front où saillaient les tumultes du génie –, je laissai trôner son effigie dans l'ombre de la bibliothèque paternelle, à plusieurs murs de distance.

Intensément présent pendant cinq années, il s'éclipsa les décennies suivantes. Son départ coïncida avec la fin de ma longue adolescence. Il fuit quand je désertai la maison familiale. Au loin, le Beethoven ! Absent, anéanti ! Je n'y pensais plus, je ne l'interprétais plus, je ne l'écoutais plus.

Certes, il se rappelait à moi quand on exécutait ses œuvres au hasard des concerts, à la radio ou à la télévision ; je bâillais, fatigué d'anticiper chaque note d'une symphonie, tous les détails de son orchestration. L'exaltation que j'avais ressentie naguère, je ne la retrouvais pas ; même sur la pente d'un crescendo, mon cœur n'accélérait plus, mes yeux demeuraient secs. L'habitude de Beethoven, mes écoutes successives, notre familiarité avaient tué la réceptivité en moi, mon émotion pubère étant morte d'overdose. En art comme en flirts, il y a des êtres dont la fréquentation constitue l'antidote à l'amour qu'ils inspirent.

La vie continua. Beethoven se réduisit à un nom parmi d'autres, une référence du grand bazar culturel dans lequel nous circulons. Lorsqu'on me demandait si j'aimais Beethoven, je me contentais d'un « pas tellement », négligeant notre ancienne liaison.

On peut compter sur le sort pour refuser nos amnésies et nous jouer des tours. C'est à Copenhague qu'il me régla mon compte...

Venu promouvoir une pièce au pays d'Andersen, je restai pour découvrir davantage cette ville pétillante d'intelligence et connaître mieux ces Danois dont l'humour me séduisait. Ainsi allai-je une après-midi au Ny Carlsberg Glyptotek, musée où, en sus des collections ordinaires, s'offrait une exposition temporaire sur « Les masques depuis l'Antiquité grecque jusqu'à Picasso ».

Une salle entière était consacrée à Beethoven, lequel avait tant épaté la civilisation occidentale que, à côté d'un commerce populaire alignant effigies et bustes du musicien à poser sur le piano droit du salon, d'éminents sculpteurs, tels Antoine Bourdelle, Franz von Stuck, Auguste Rodin, Eugène Guillaume, avaient travaillé, exalté ses traits pour en tirer des œuvres stupéfiantes.

Ébranlé, je frissonnais quelques secondes, incapable de bouger d'un pas. En face des images nombreuses de Ludwig van, me revenaient mes émois, mes enthousiasmes, mes fièvres, ces heures d'intimité durant lesquelles il soulevait tant mon âme que je me sentais la force d'affronter le monde, sinon de le refonder, capable de pulvériser la bêtise et la médiocrité des hommes. Notre histoire resurgissait, avec sa vigueur, sa violence, sa richesse exceptionnelle.

Un visiteur qui aurait pénétré dans la galerie à cet instant n'aurait vu qu'un monsieur en costume bleu arrêté devant une vitrine ; il n'aurait pas saisi la scène réelle qui se jouait : je comparaissais au tribunal de mon passé, l'adolescent que j'avais été jugeait l'homme mûr.

— Qu'as-tu fait ? Oui, qu'as-tu fait de ta jeunesse ?

Quatre heures plus tard, pantelant, sonné, ému, je prenais un avion pour rentrer chez moi. Là, refugié dans l'étroitesse des fauteuils de ligne, boudant le plateau-repas qu'on me proposait, je commençai à écrire sur un carnet de voyage une histoire, *Kiki van Beethoven*, que je destinais au théâtre, un texte dont le titre, le ton, le déroulement et les personnages m'étaient venus d'un bloc lorsque l'accès à mes vertes années s'était déblayé au musée. En quatre semaines, je l'achevai, à peine conscient que ma vie s'y reflétait, tant en moi la méditation prend naturellement la forme d'un récit. Logique des rêves qui caractérise les auteurs de fictions, ces dormeurs professionnels.

La pièce terminée, je me remis à écouter Beethoven.

Tout avait changé. Je vibrais de nouveau. L'enchanteur de ma jeunesse me parlait. J'étais reconquis.

En revanche, je constatais que mes contemporains ne le fréquentaient pas. Ou peu. De loin… On interprète ses œuvres moins par goût que par devoir ou intérêt, tant elles sont célèbres ; on sourit de la *Troisième Symphonie* – l'*Héroïque* –, on éprouve une indulgence condescendante pour la *Neuvième Symphonie* et l'on rit de son opéra, *Fidelio*. Les virtuoses le pratiquent comme un passage obligé mais ne bâtissent plus leur carrière sur lui. Il reste le grand homme des générations antérieures, le génie selon nos aïeux. Nous n'entendons plus ce qu'il énonce. Quelque chose de Beethoven est devenu inaudible. Nous nous retrouvons sourds devant l'insigne sourd.

Que s'est-il passé ?

Est-ce lui qui a changé ? Ou nous ?

Avons-nous intégré ce qu'il nous soufflait au point de ne plus l'apercevoir ? Beethoven se serait dégradé en poncif, en lieu commun, un sucre dissous dans l'eau idéologique où nous baignons. Tombé au combat, il paierait son succès de son effacement.

Ou bien délivre-t-il un message que nous ne percevons plus ? Beethoven détient-il de la dynamite, rebelle contre les préjugés dominants, empêcheur de penser en rond ? Alors ce ne serait pas lui qui serait mort, mais nous...

J'écris ces lignes pour mener l'enquête. Qui a disparu, Beethoven ou nous ?

Et qui est l'assassin ?

*

Mme Vo Than Loc avait été cantatrice puis, la quarantaine franchie, remarquant que sa voix se durcissait, que la ménopause allait l'empêcher d'incarner des Carmen, des Dalila crédibles, elle avait abandonné ses emplois de femme fatale, renoncé à tourmenter les ténors sur les scènes de province ou à périr de passion à l'acte IV, et, rangeant ses fards, jetant ses filtres d'amour, remisant au grenier ses robes à décolleté, s'était établie professeur de piano à Lyon.

Que son nom ne vous mette pas sur une fausse piste ! Cette sonorité exotique ne recouvrait pas un physique asiatique, ni un minois aux yeux bridés. Loin de là... Si le cheveu restait d'un noir aile de corbeau en toute saison, Mme Vo Than Loc, le corps et les traits forts, avait plutôt l'air d'une solide boulangère parisienne. Son patronyme venait de sa fantaisie sentimentale qui l'avait poussée à épouser un chétif monsieur jaune à la voix plus haute que la sienne, aussi étroit qu'elle était large, un Vietnamien enseignant le vietnamien, galant, souriant, affectueux, savant puisqu'il rédigea un des rares dictionnaires français-vietnamien de notre histoire.

Deux fois par semaine, j'allais prendre un cours chez Mme Vo Than Loc, laquelle avait étudié le piano en même temps que le chant au Conservatoire de Paris. Dire qu'elle me terrorisait ne donne qu'une mince idée de la vérité : son timbre grave, péremptoire, sa capacité inépuisable à m'indiquer que je tapais la touche d'à côté ou que je n'avais pas assez travaillé la transformèrent, les premières années, en dragon malveillant. Puis je commençai à me débrouiller au clavier et nos rapports s'améliorèrent.

Elle devina que, dans le piano, ce n'était pas le piano que j'aimais, mais la musique. Au lieu de rabâcher des gammes, des exercices ou le morceau du moment, j'occupais les heures à déchiffrer des œuvres car, à mes yeux, l'instrument ne m'offrait pas une fin mais un moyen, une paire de lunettes me permettant de lire la musique au bout de mes doigts. Intelligemment, elle le comprit et l'accepta.

Peut-être cela l'arrangea-t-elle dans la mesure où, fine musicienne, elle ne possédait cependant pas la technique pianistique du siècle…

Assez rapidement, l'ancienne Carmen admit que j'apporte des partitions afin que nous les parcourions ensemble à quatre mains.

Un jour, je déposai un cahier, les *Ouvertures* de Beethoven, sur le pupitre. Nous nous sommes lancés à l'assaut de ces pages, moi aux graves, elle aux aigus.

Nos doigts malaxaient les chefs-d'œuvre. Ils se succédaient, ouvertures de *Léonore*, ouverture de *Fidelio*, ouverture d'*Egmont*.

Enfin, vint celle de *Coriolan*. ① *Ouverture de Coriolan*

Des chocs, des silences, la mélodie qui gronde aux basses, qui hésite, qui se lance, qui s'étoffe, qui module. De source, le filet thématique devient fleuve, notre piano s'enfle aux dimensions d'un orchestre entier. Mon cœur bat à tout rompre. J'ai les oreilles rouges et gonflées d'émotion, je transpire, je respire avec peine, je m'enfonce dans l'harmonie, je fonds en musique, je suis heureux.

Derniers accords ! Nous laissons prospérer le silence. Nous tentons de reprendre notre souffle.

— Quand je pense que Beethoven est mort alors que tant de crétins vivent !

Mme Vo Than Loc avait lancé cette phrase, farouche.

Elle me consulta en essuyant la sueur sur son front.

— Vous n'êtes pas de mon avis ?

Je la fixai sans répondre. Elle insista.

— Il y a des gens dont la vie est vaine. Ils ne servent à rien.

— Ils font des enfants ?

— Oui, ils font des enfants ! Des enfants comme eux, des enfants qui ne servent à rien ! Ah ça, ils se reproduisent… Mais vous n'allez pas vous réjouir que des inutiles fabriquent de nouveaux inutiles, non ? Si c'est cela, le sens de la vie, très peu pour moi, je ne signe pas, je démissionne.

À cet instant, je me souvins qu'elle n'avait pas de famille. Elle poursuivit :

— Voilà ! Non seulement ces idiots-là existent, mais ils persévèrent, heureux, avec une bonne oreille.

Tandis que Beethoven, lui, est sourd et mort ! Ça ne vous choque pas ?

— Quand même, il avait presque soixante ans, Beethoven, quand il…

— Peu importe. Pour un génie, c'est toujours trop jeune.

Nous n'avons plus échangé un mot. Elle était furieuse. Je crois qu'elle m'en voulait de ne pas être Beethoven, ni génial en quoi que ce soit. Tout juste si, sur le seuil, elle aboya – « Bonsoir. » Au fond de moi, là où Beethoven m'avait atteint – il m'avait désigné ce qu'il y a de noble en nous –, je tombai secrètement d'accord avec Mme Vo Than Loc. En rentrant à la maison, je jetai ce regard-là sur mes parents, ma sœur : étaient-ils utiles ?

Et moi, si frêle à côté du géant ?

Je sentis qu'il y avait danger. Danger à copiner avec Beethoven.

Et comme je raffolais du danger – plus que de la vérité –, je me mis à le fréquenter.

*

Soyons clairs : ma cohabitation avec Beethoven ne se révéla pas facile car le bonhomme possède un raboteux caractère, des convictions définitives, parle en criant, n'entend pas.

② *Cinquième Symphonie, premier mouvement*

Au début, je me suis contenté de lui prêter oreille, de l'approuver, de lui obéir. Ce fut notre meilleure période.

Pendant ces années-là, il m'apporta beaucoup, et surtout un point essentiel : il m'enseigna la force de la pensée.

Lorsque j'écoutais la *Cinquième Symphonie* par exemple, je découvrais ce qu'une intelligence peut extraire d'un thème très simple – le fameux pom pom pom pôm. Un thème ? Un motif plutôt, car c'est un embryon de thème, un thème qui ne parvient pas à s'élever jusqu'à la mélodie, une banalité rythmique, une phrase que n'auraient jamais envisagée Bach ou Mozart. Or Beethoven s'en satisfait, s'en empare, le tend, le détend, l'étend, le répète, le varie, le malaxe de cent manières différentes. De cette pauvre apostrophe – une brute cogne à la porte –, il tire un mouvement symphonique riche de drames, d'esclandres, d'attentes, de silences, de fracas. On l'observe en train d'agir, on voit son âme vive circuler entre les notes, charger les modulations de sentiments, gonfler l'orchestre de contrastes. Beethoven se dresse là, au milieu de sa musique, impérieux, volcanique, constamment présent.

Il nous offre le spectacle de l'esprit. Le spectacle de son esprit. Ouvrant la trappe, il nous emmène visiter l'antre de l'imagination musicale, nous permet un séjour dans l'atelier. Pom pom pom pôm ! On a l'impression que le thème ne serait rien, n'exprimerait goutte si Beethoven n'avait pas décidé d'en arracher de la musique, comme on transforme un bruit en son.

Bref, un artiste s'exhibe, démiurge, magnifique, ostentatoire.

Pas étonnant que les chefs s'enflamment pour Beethoven... Perchés sur leur estrade, domptant les forces sonores d'une courte baguette, affrontant les masses d'instruments qui peuvent se taire ou se déchaîner, sculptant la matière de l'orchestre, ils miment son créateur, ils l'imitent. Croyant diriger Beethoven, ils le dansent. Je me remémore le film d'Henri-Georges Clouzot, saisissant Herbert von Karajan en train de mater le Philharmonique de Berlin dans les symphonies de Beethoven : une mise en scène géniale du génie musicien. La pensée vole d'un pupitre à l'autre, embrase les violons, agite les violoncelles, s'épanouit mollement à la flûte, s'embourbe dans les cors puis tonitrue à travers les trompettes. Karajan devant son orchestre, c'est Vulcain devant sa forge, Beethoven devant sa page : un dieu païen.

Une œuvre de Beethoven comprend toujours un reportage sur Beethoven. Il s'affiche aux fourneaux, il dévoile la beauté du labeur. Ce qu'il faut apprécier, ce n'est pas tant le résultat du travail que le travail lui-même. Pom pom pom pôm. « Voici le germe, annonce Beethoven, admirez maintenant ce que j'en récolte. »

L'inspiration ne vient pas d'ailleurs : l'inspiration, c'est lui. Son énergie, son ingéniosité architecturale, la dynamique de son esprit nous fascinent.

Beethoven m'a fait croire en l'homme, en sa capacité de dominer la matière.

*

Puis notre relation se compliqua parce qu'il commença à multiplier les disputes.

Il estimait que je le trahissais.

En vérité, il était jaloux de Mozart. Ou plutôt jaloux de mon engouement pour Mozart. Ah, j'avoue que la vaisselle a volé entre nous… Il n'avait pas tort : je vivais une passion parallèle avec Mozart et je risquais des comparaisons entre eux.

Beethoven me semblait spectaculaire mais Mozart… miraculeux.

Une mélodie de Mozart, c'est une évidence claire, qui ravit, qui envoûte, qui annule le recul critique. Aucune mélodie de Beethoven n'atteint jamais cette simplicité radieuse. Comme le soleil brille, ainsi qu'un ruisseau coule, *Les Noces de Figaro, Cosi fan tutte, La Flûte enchantée* déroulent des airs inouïs, mémorables, immortels, capables de séduire le vieillard ou l'enfant, le musicien savant autant que l'inculte, certains morceaux s'échappant parfois des enceintes élitistes de l'Opéra pour courir les rues en devenant des chansons populaires.

Lorsqu'on écoute du Mozart, on n'assiste pas à une besogne, on assiste à l'épiphanie de la grâce.

Inexplicable, la grâce. Ça descend, ça s'impose. C'est une aube. Une naissance.

Les mélodies, on a l'impression que Mozart ne les a pas conçues mais qu'il les a reçues. Ses manuscrits l'attestent, lesquels déploient un jet continu, aisé, leste, sans retouches. Quel contraste avec les papiers noircis de Beethoven qui accumule les carnets préparatoires, hésite, ébauche, barre, biffe, bifurque, range, rature, s'éloigne puis recommence ! Beethoven nous a légué autant de brouillons que de partitions ; Mozart ne nous a légué que ses partitions.

Mozart entend. Beethoven fabrique.

Chez les deux le métier est ferme, supérieur, rigoureux, virtuose. Chez les deux l'art triomphe.

Cependant si Mozart efface son geste, Beethoven le met en avant. Mozart nous propose le produit de l'esprit, Beethoven l'esprit qui produit.

Beethoven cherche. Mozart a trouvé.

Beethoven reste présent dans son œuvre. Mozart s'en absente.

Beethoven nous laisse avec sa musique. Mozart nous laisse avec la musique.

Dans la création, Beethoven se comporte en homme, Mozart en dieu. L'un parade, l'autre s'écarte. Homme immanent, dieu caché.

Pour cette raison, si l'on porte Mozart aux nues, on se sent plus proche de Beethoven. L'un est divin, l'autre humain. Mozart, il nous déconcerte ; nous avons besoin de découvrir ses défauts – scatologie, fatuité, goût de la dépense, susceptibilité – afin qu'il nous impressionne moins ; cependant, si ces détails banalisent l'individu, ils rendent le compositeur encore plus mystérieux : d'où ce trublion tire-t-il ces musiques célestes ?

La grâce, c'est miraculeux mais injuste. À nos yeux, cela se révèle, autant qu'admirable, insupportable.

— Pourquoi lui ? se demande chacun.

Il n'y a pas de réponse.

Ou plutôt la grâce constitue la réponse.

*

Malgré nos querelles au sujet de Mozart, en dépit de son ombrageuse jalousie, Beethoven gardait ma préférence car il me guidait, me conduisait par la main, m'aidait à me fortifier. Pendant cet âge friable, l'adolescence, il m'apprenait l'héroïsme.

Qu'est-ce qu'un héros ? Celui qui n'abdique pas, qui ne s'abstient jamais, qui dépasse les obstacles pour avancer. Comme armes mentales, il utilise le courage, l'opiniâtreté, l'optimisme.

Beethoven est un héros. Il a résisté à toutes les attaques. Le hasard le jette dans un environnement médiocre, entre un père ivrogne et une mère domestique ? Il s'élève quand même. Cupide, ténor raté, son père le contraint à apprendre le clavecin à coups de gifles, le violon à coups de pied, il affame son fils, l'insulte, l'humilie ? Beethoven adore pourtant la musique. Ses parents lui accordent peu d'affection, ne sachant pas très bien en quoi cela consiste ? Qu'importe, Beethoven aimera l'amour. À vingt-six ans, la surdité le frappe, l'endolorit, l'isole chaque jour davantage ? À part ses trois premiers opus, il écrira son œuvre entière affligé de ce handicap. Privé par son mal des liens sociaux, amicaux, conjugaux, condamné à la solitude, il ne connaît guère de plaisirs ? L'infirme écrira néanmoins un *Hymne à la joie* au crépuscule de sa vie.

— Quand je pense que Beethoven est mort alors que tant de crétins vivent ! avait crié Mme Vo Than Loc.

Elle avait raison : Beethoven a plus de mérite à être Beethoven que M. et Mme Fromage — bonne santé, bonne fortune, bonne famille — à être M. et

Mme Fromage. Partie inégale : lui vise haut et ne rencontre que des embarras, le couple Fromage n'ambitionne rien, gâté par les circonstances.

Avant de devenir notre héros, Beethoven fut le héros de sa propre existence. Comme devise, il aurait pu brandir « Quand même ! » car, à l'affût de ses desseins, s'inventant, il surmonte les écueils.

Beethoven ne baissa jamais les bras. Puisque la destinée lui défendait d'entendre la musique, il la créa sous son crâne de sourd. Comme le sort lui mégotait la joie, il la fabriqua en lui, l'exprima dans sa *Neuvième Symphonie* et, grâce à son talent, la rendit contagieuse. Générosité de celui auquel on ne donna qu'une misère. Inépuisable…

Seule la mort en vint à bout ! Et encore, je n'en suis pas sûr car, deux cents ans plus tard, Beethoven demeure : on joue ses pièces, on le statufie, on le révère, on glose sur lui. Quoique la Faucheuse ait voulu le chasser de la scène, Ludwig van est revenu. Invincible…

Dans mes heures de désarroi, j'écoutais la *Troisième Symphonie* ou *La Sonate au clair de lune* pour son final… À coups d'arpèges conquérants, d'accords giclants, de percussions victorieuses, Beethoven m'insufflait son incroyable énergie, me rechargeait, me redonnait l'appétit, l'allant, le désir, l'allégresse. Même s'il écrit une marche funèbre, il la place quasi au début de sa *Troisième Symphonie*, il construit deux mouvements joyeux et pétulants derrière, la tombe n'étant surtout pas l'issue ! Il me rouvrait le chemin de l'avenir : oui, j'aurai une vie riche ! Oui, je créerai à mon tour ! Oui, j'aurai la force d'incarner mes rêves. Il me lavait de ma mollesse, de ma passivité.

— Le temps n'est pas ce qui passe mais ce qui vient.

En ces moments-là, il modifiait ma perception du monde : je ne devais pas subir le temps comme une fatalité, un cannibale qui me dévore peu à peu jusqu'à l'ultime seconde, mais le considérer comme mon pouvoir, la capacité de faire, le don d'agir. Beethoven me réinstallait aux commandes de mes jours, au poste de pilotage.

Peut-être estimez-vous que j'exagère ? Que je suis fou de définir en phrases ce que la musique raconte en sons ? Je ne le crois pas.

La musique est tellement plus que de la musique. On l'oublie quand, au Conservatoire, on l'apprend, mais on l'éprouve lorsque, dans la solitude, on l'écoute.

Les musiciens n'insufflent pas que des notes, des accords, des rythmes et des timbres en nous ; ils nous communiquent une dynamique, un tempérament, une vision. Pénétrant au plus intime de l'intime, dans notre âme qui vibre, tels les marteaux d'un piano tapant les cordes, les morceaux percutent et activent nos sentiments. Ils consolent, ils ébranlent, ils allègent ; ils consolident la joie, la fureur, l'impatience ; ils effraient, apaisent, relancent. Rien ne nous touche plus profondément ni plus vite que la musique.

La musique intervient dans notre vie spirituelle. Des compositeurs comme Bach, Mozart, Beethoven, Schubert, Chopin ou Debussy ne se réduisent pas à des fournisseurs de sons : ils sont aussi des fournisseurs de sens. Certes, ils n'utilisent pas des concepts comme Platon ou Kant ; plus vigoureux encore, ils nous atteignent ailleurs, à la racine, en dessous des raisonnements et des calculs, là où l'esprit palpite, respire, ressent. Car l'entendement auquel se limitent les purs rationalistes ne forme qu'une des couches du cerveau, pas la plus superficielle mais pas la plus constitutive. Sous les idées, les théories, les hypothèses, il y a quelque chose de mouvant qui soutient et porte le reste : les sentiments.

La flèche de la musique arrive là, dans cette chair sensible, la pulpe de l'esprit.

En cela, la musique délivre davantage un message spirituel – affects, intensité, valeurs – qu'un message intellectuel. Ce qui explique sans doute notre difficulté, voire notre réticence, à traduire un concert en mots, car, toujours, la musique précède et excède les phrases.

Essayons néanmoins de formuler cette spiritualité beethovenienne... Trois éléments la structurent :

— humanisme,
— héroïsme,
— optimisme.

Beethoven m'expliquait que l'être humain est le centre d'intérêt, fort, grand, admirable, ne renonçant jamais. Il m'inoculait sa religion de l'homme.

Quoi de plus important pour un adolescent que de croire qu'il y a intérêt à vivre, à devenir adulte, à se battre, à se conduire à hauteur d'idéal ?

Mozart ne me disait pas ça. Ni Bach.

Par contraste, lors de nos démêlés, Beethoven pouvait donc triompher, salvateur, assuré de son influence sur moi. En effet, que me proposaient ses rivaux ? Mozart murmurait « accepte » et Bach « agenouille-toi ». Des conseils que je ne saisissais pas à l'époque. Et qui ne me servirent que longtemps plus tard...

*

Si Beethoven avait tant d'emprise sur moi pendant mon incommode jeunesse, c'était aussi parce que j'avais adopté l'athéisme familial. En accord avec cette indifférence, Beethoven ne s'occupe pas de Dieu.

Bach, c'est la musique que Dieu écrit.

Mozart, c'est la musique que Dieu écoute.

Beethoven, c'est la musique qui convainc Dieu de prendre un congé car il constate que l'homme envahit désormais la place.

Avec Beethoven, Dieu perçoit que l'art ne parle plus de lui, ne s'adresse plus à lui ; il parle des hommes et s'adresse aux hommes. Dieu découvre qu'il a perdu non seulement la suprématie, mais aussi le simple contact. Le divin pâlit, remplacé par l'humain. Certes, l'individu Beethoven conserve un vocabulaire chrétien, des valeurs évangéliques, certifie adorer le Créateur ; cependant, à un ami qui invoquait Dieu, Beethoven rétorqua : « Ô homme, aide-toi toi-même. » À la foi en Dieu, Beethoven substitue la foi en l'homme.

La première musique humaniste de l'Histoire...

Le lien est rompu entre Dieu et la musique. Avec Beethoven, Dieu boucle ses bagages, s'absente des partitions. Il reviendra rarement – pour Bruckner, Fauré, Messiaen…

Si le ciel ne se vide pas – Beethoven se dit croyant –, il se réduit à un couvercle qui ne bouge plus, qu'on ne cherche pas à entrouvrir : tout se déroule en dessous.

Quand Beethoven lève les yeux, c'est pour étudier les nuages, jamais pour scruter l'Infini. Ainsi décrit-il un orage dans la *Sixième Symphonie*, la *Pastorale*. Oh, il ne risque guère le torticolis car son observation reste brève : un horizon noir se charge de nuages, éclairs, tonnerre, puis le firmament vomit, crève en pluie. Sitôt la dernière goutte tombée, Beethoven redescend au sol et ne redresse plus la tête ; ce sont les ruisseaux, les paysans qui l'intéressent.

Il ne regarde pas en haut, il regarde l'homme et le trouve haut. Pas de *Gloria*, de *Magnificat* ou de *Lauda te* chez Beethoven ; à la différence de Bach ou Mozart, il ne remercie pas le Créateur ni ne l'implore. Dieu réside loin, Beethoven fait sans lui.

Lorsque j'écoute la *Neuvième Symphonie*, j'ai l'impression d'assister à la Genèse, un colossal récit cosmologique.

Premier mouvement : à l'aube du monde, on ne voit pas clair ; ça commence par un magma, des sons indéterminés qui peinent à prendre forme ; se répand dans l'orchestre un gaz rampant ; serpente entre les pupitres une matière à éruption, une lave qui bouillonne, clapote ; puis la chaleur augmente, elle éclate, elle fuse. Beethoven nous installe dans les forges de la Création : les atomes se frôlent, se chahutent, s'unissent et s'agrègent. Les masses s'affermissent.

On passe du gazeux au liquide, du liquide au solide. Ça explose. Puis ça recommence. À la fin, la Terre et les étoiles sont nées.

Où intervient Dieu dans ce cours d'histoire naturelle ? Nulle part.

Deuxième mouvement : le vivant apparaît. La vie éclate ! Plantes, fleurs, bourgeons percent ; des arbres monumentaux se dressent ; des animaux déboulent. C'est gai, sauvage, trépidant, ça crie, ça chante, ça danse. D'ailleurs, Beethoven n'a écrit qu'un mot pour décrire ce printemps cosmique dont la frénésie n'est interrompue que par des farandoles : « *Molto vivace.* » Ce n'est pas un programme, ça ?

Troisième mouvement : arrivent les hommes, ces animaux dotés de conscience. Cela est introduit comme une naissance précieuse, miraculeuse, entourée de sacré. Après quelques notes étonnées, une mélodie sublime advient, une mélodie qu'aurait pu écrire Mozart, une mélodie qui s'arrache au silence et n'y retourne jamais. Un souffle existe qui va s'épanouir, se tonifier, s'enchanter de lui-même, se développer en volutes infinies. Beethoven, de façon poignante, nous présente l'homme fragile, originellement convalescent. Quelle est sa faiblesse ? Sa force, c'est-à-dire la pensée. Débordant de tendresse et de compassion, Ludwig van souligne combien il aime cette bête inquiète, traversée de peurs, de questions, mais aussi tendue par l'idéal. Aussi pur que dans un de ses quatuors intimes, mais plus ample grâce à l'orchestre, il célèbre la condition humaine.

Pour l'instant, au fil de cette genèse, nous avons assisté à trois époques. Trois mouvements : trois règnes. Le règne minéral. Le règne du vivant. Le règne humain.

③ *Neuvième Symphonie, quatrième mouvement et final :* « *Hymne à la joie* »

Quatrième mouvement : la joie comme l'aboutissement de la création. Les violoncelles et l'orchestre se chicanent, nous saisissons le conflit : comme il est douloureux d'exister ! Puis, à l'improviste, sans effets de manches, les violoncelles murmurent la solution : soyons joyeux. Tout simplement... Sanctifier la joie, Beethoven y a songé sa vie entière ; il libère donc ici une phrase qui rôde et tourne en lui depuis des années car ce thème éclôt en 1808 dans la *Fantaisie* pour piano, orchestre, chœur opus 80, puis prend sa forme stable en 1822. Voilà, la mélodie surgit enfin, avec vigueur, elle est évidente, elle est radieuse.

L'orchestre s'arrête brusquement, comme une voiture pile en freinant. Que se passe-t-il ?

La voix de l'homme entre, utilisée dans son médium, au niveau où l'on parle.

Mes amis, cessons nos plaintes !
Qu'un cri joyeux élève aux cieux nos chants
De fêtes et nos accords pieux !

Le baryton lâche le mot et le chœur – soudain réveillé après trois quarts d'heure de concert – y répond en écho :

Joie !

Quand je pense que Beethoven est mort... 133

La chose est dite !

Désormais tout se calme ; le chanteur va murmurer la suite. C'est un souffle suave, une brise souple qui porte des odeurs de printemps, qui enchante sans encore provoquer l'ivresse. Ça entre en douceur, la joie, une brise, une caresse, un parfum dans l'air du soir. Il n'empêche ! L'irruption de la parole et du timbre humain dans une symphonie cause une surprise impressionnante. Mais Beethoven l'avait bien préparée : après ce gigantesque adagio – troisième mouvement – où se retient et s'accumule l'énergie, on a besoin de quelque chose d'inouï ; le ressort bandé, il faut que ça parte ! La voix de l'homme, voilà ce qui manquait à l'orchestre beethovenien. La preuve ? La mélodie a d'abord été exposée par les violoncelles, telle une musique pure, le baryton se contentant de la reprendre. La mélodie est donc plus capitale que les paroles, lesquelles ne demeurent que l'écume de la mélodie.

Joie ! Belle étincelle des dieux
Fille de l'Élysée,
Nous entrons l'âme enivrée
Dans ton temple glorieux.
Tes charmes relient
Ce que la mode en vain détruit ;
Tous les hommes deviennent frères
Là où tes douces ailes reposent.

Les apprécierais-je, ces vers de Friedrich von Schiller, sans les ailes puissantes que Beethoven leur ajoute afin qu'ils volent haut ? Je juge pertinent qu'on distingue leurs travaux par deux mots différents : on appelle *Ode à la joie* les strophes de Schiller et *Hymne à la joie* la déferlante sonore de Beethoven. La musique, en effet, transcende le poème, dessine des volutes exaltées, organise des échanges entre les quatre solistes et le chœur en écho. Puis soudain, jaillie d'un silence assourdissant, c'est une marche, une marche à la rutilance militaire, inexorable, héroïque : la joie conquiert le monde. Ensuite, après des cordes fiévreuses, retentit l'*Hymne* que le chœur chante par-dessus l'orchestre déchaîné. Inattendu : voici un ralentissement ; chœur et solistes, extasiés, succombent à un attendrissement quasi religieux sur un texte qui évoque le Dieu créateur. Là Beethoven joue sa partie décisive : s'il termine sur ses alanguissements élevés, cette musique prête à épouser le silence divin, il va peut-être rejoindre les horizons mystiques fréquentés par Bach ou Mozart ; or il continue ! Quoique Beethoven accorde à Dieu le premier mot, il ne lui confie pas le dernier : cela se remet à foisonner, à grouiller, à fuser, à tambouriner, la joie s'ensauvage, vire à la transe, c'est une danse dionysiaque, une explosion finale, une orgie cosmique.

Que faire sinon hurler et applaudir à peine l'ultime accord frappé ? Contaminés par la jubilation, gagnés par la sève robuste que dispense l'œuvre, les auditeurs doivent au plus vite remercier les musiciens. La *Neuvième Symphonie* remporte nécessairement un triomphe. Depuis des siècles, les formations orchestrales et chorales – amateurs ou professionnelles – exécutent cette œuvre incandescente ; à chaque fois, malgré les couacs, les approximations, sous la pluie, sous les bombes – surtout sous les bombes –, le cœur des hommes se trouve purifié, régénéré par cet ouragan de tonicité et d'optimisme. L'œuvre la plus haute de Beethoven demeure la plus accessible : c'est une messe, la messe de l'humanité, celle qui accueille chacun quels que soient son âge, sa couleur, sa classe sociale, sa religion, celle qui nous indique que nous devons dépasser la souffrance et nous aventurer dans l'allégresse.

Plutôt que l'*Hymne à la joie*, j'aurais envie d'appeler cette œuvre *La Rédemption par la joie* car la musique de Beethoven offre une leçon. Nos vies sont dramatiques, tragiques, douloureuses, mais le drame ne constitue pas le but du drame, le tragique doit être accepté, la douleur surmontée. Libérons-nous ! Parce que nous subissons la tristesse, l'inévitable tristesse, nous ne devons pas la cultiver. Mieux vaut cultiver la joie. Que la liesse domine ! Beethoven nous emmène à l'école de l'énergie. Soyons enthousiastes au sens grec, c'est-à-dire laissons descendre les dieux en nous, délivrons-nous du négatif. La bacchanale plutôt que l'apocalypse. Voilà Beethoven plus païen que chrétien…

Entre la séduction de l'abîme et la jouissance de respirer, Beethoven a choisi : il préfère la ferveur.

Et Dieu, là-haut, penché sur le bord d'un nuage, se dit que, certes, cette *Neuvième Symphonie* produit un fichu vacarme, mais que si les hommes la comprennent, il peut encore prolonger ses vacances…

*

Les amants se séparent toujours pour les raisons qui les ont d'abord réunis. Beethoven m'avait séduit par sa positivité et sa stimulation passionnelle ; c'était cela même que je fuyais en l'abandonnant.

À vingt ans, je rompis avec Beethoven parce que – croyais-je – j'avais reçu, compris, assimilé ce qu'il me donnait. Lorsqu'il prenait la parole, lassé, je soufflais désormais les phrases.

Je voulus passer à autre chose.

Mes études de philosophie me précipitèrent dans l'univers des concepts ; je me détournai des valeurs, des inclinations, des attachements, de cette forge ardente à la chaleur de laquelle Beethoven m'avait exposé ; j'accédai au laboratoire de l'entendement, un espace froid, clinique, stérilisé, où seuls comptent les définitions, les inductions, les déductions, l'interrogation sur les présupposés, les arguments. Cédant à la prévention des philosophes qui estiment – à tort – que penser nécessite d'éloigner les affects, je me transformai en pur intellectuel. Dès lors, Beethoven m'apparut confus, brouillon, émotif, hystérique ; pas uniquement Beethoven, d'ailleurs, car, pendant ces années-là, je boudai aussi Mozart, Schubert, Chopin ; je ne m'intéressais plus qu'aux grammairiens de la musique, Schönberg, Webern, Berg, ou Boulez dont j'allais suivre les cours au Collège de France.

Pour l'intellectuel neuf que j'étais, tout sentiment relevait de la fièvre. Selon le jeune rationaliste, le cœur drainait l'irrationnel. Même l'expérience de la beauté s'avérait équivoque… Dégager du sens, c'était l'affaire de la philosophie, de l'exclusive philosophie.

Je devins un homme de mon siècle. Si dans l'enfance, par le hasard des rencontres – un livre qui traîne sur un rayon, une Mme Vo Than Loc qui fusille la médiocrité environnante –, on peut se construire une culture buissonnière, originale, intempestive, à vingt ans on se fiance avec son époque, puis, sitôt qu'on rentre à l'université ou dans une grande école, on l'épouse. J'embrassai ses valeurs, ses automatismes, ses préjugés, ses impensés. Il n'y a pas d'autre piscine que le conformisme pour apprendre à nager… Je clapotais dans la sueur de mes contemporains, à température identique, aux heures d'affluence. Devrais-je dire « aux heures d'influence » ?

Tel est le destin des oiseaux chanteurs : avant de passer rossignol, on commence perroquet.

Par mimétisme, j'adoptai donc le pessimisme régnant. Dans ce XXe siècle qui avait inventé les totalitarismes, déclenché deux guerres mondiales sanglantes, cumulé programmes d'extermination nazis et goulags soviétiques, où avaient, sur une terre souillée par l'industrie, explosé des bombes atomiques dont la prolifération mettait désormais le vivant en danger, bref, dans cette ambiance fumante au parfum de catastrophe, il aurait fallu se montrer bien niais pour croire, comme nos ancêtres du XVIIIe ou du XIXe siècle, que l'humanité progressait ! L'optimisme était mort dans les camps.

Les intellectuels furent des témoins choqués, traumatisés, désespérés. Le pessimisme teinta les opinions, prenant diverses couleurs dans la société, parfois celle du nihilisme, souvent celle du cynisme, le plus couramment celle d'un individualisme forcené, culte du plaisir ou du profit. Une chose avait donc disparu : un rêve de l'homme pour l'homme.

Non seulement l'individu d'aujourd'hui n'entrevoit pour demain que l'apocalypse, mais il considère que l'apocalypse a déjà commencé.

Alors l'*Hymne à la joie*…

*

Zurich. Fin des années 1990. Je marche dans cette ville étrange, à la fois austère et coquette, riche et discrète, endormie malgré ses animations, où je suis venu rencontrer la presse avant d'assister à la générale d'une de mes pièces au Schauspielhaus. Pendant plusieurs jours, pour tromper l'attente, je vais assister aux spectacles qui occupent les scènes.

On affiche *Fidelio*, l'unique opéra de Beethoven. Bof… Dirigé par Harnoncourt, ce chef singulier qui vivifie la substance dramatique des œuvres qu'il joue. Pourquoi pas ? *Fidelio*, j'en connais quelques airs mais je ne l'ai jamais vu ni écouté en entier, repoussé par sa mauvaise réputation dans la sphère lyrique, accablé à l'avance par le livret, détourné par les hésitations de Beethoven lui-même qui, insatisfait, en multiplia les versions. Pour moi, il est évident que Beethoven ignorait l'art théâtral : n'avait-il pas, en effet, quoique adorant Mozart, reproché à cet as des tréteaux sa trame, *Don Giovanni*, l'histoire d'un libertin provocateur, en estimant la matière trop vulgaire ? J'avais jugé si sotte sa prude remarque que j'avais boudé son *Léonore ou l'amour conjugal*, premier titre qu'avait reçu *Fidelio*. L'amour conjugal !

Quand je pense que Beethoven est mort... 139

Quel sujet ! Une pièce vertueuse ? Belle perspective d'ennui... D'emblée, j'imaginais l'œuvre fade, solennelle, antidramatique. L'excuse de Beethoven pour l'avoir écrite, c'est qu'il ne savait pas de quoi il parlait puisqu'il n'avait jamais été marié : seul un puceau de la vie à deux idéalise le couple...

Voilà l'état dans lequel j'entre à l'Opéra de Zurich.

La musique bondit de la fosse, rude, organique, loin des mignardises à quoi se réduisent d'ordinaire les ouvertures, ces sucreries mielleuses saupoudrées de poudre à éblouir. Ici, un éclat surgit du silence, puis une méditation sur laquelle s'accroche un thème vif, lancé par le cor, tonique, gymnique, qui donne à l'orchestre sa dynamique contagion. Ni chiqué ni artifice, on ne se croirait pas à l'opéra, on oublie le lustre, le velours, les vanités.

Le rideau s'ouvre sur un plateau sombre. L'action se passe dans une prison, autrement dit, dans le noir. Cette audace m'effraie ! Peut-on prendre autant le public lyrique à rebrousse-poil ? Beethoven renonce au faste que présentent les décors d'opéra ; je suis d'ores et déjà certain qu'il n'y aura ni danse ni corps de ballet ; décidément, Beethoven prend tous les risques vis-à-vis des lyricomanes frivoles et conservateurs ; je crains le four ; j'ai l'impression d'assister à son suicide en direct.

La mise en place de l'histoire ne me rassure pas ; au contraire, je serre les dents. Léonore cherche la trace de son mari Florestan, lequel s'est absenté ; sans imaginer que, lassé de sa figure, il ait pu aller chercher des allumettes ailleurs et qu'il ne se pointera que dans vingt ans flanqué de plusieurs enfants conçus avec une jeunette, Léonore suppose aussitôt qu'il a été emprisonné injustement dans la forteresse où nous nous trouvons. Pour y pénétrer, elle se déguise en homme puis décroche un poste de gardien. Là, comme toujours à l'opéra dès que survient un travesti, les comparses deviennent sourds et aveugles : aucun ne reconnaît une femme dans ce trop joli garçon aux hanches suspectes, ils n'entendent pas une soprano mais un baryton gavé aux hormones de taureau. L'ange de la vraisemblance survole les planches, oreilles bouchées, yeux bandés… Même la seconde fille de l'histoire, la futée Marcelline, une coquine toute neuve, finement roulée, déjà lancée à la chasse aux fiancés, se laisse abuser par Léonore alias Fidelio ; tenez-vous, non seulement elle ne repère pas la femelle sous le costume approximatif, mais elle a le béguin pour elle-lui. Soit elle mérite un zéro en physiologie masculine, Marcelline, soit c'est une lesbienne qui s'ignore.

Pendant une bonne demi-heure, je me demande en soupirant si je vais avoir la patience d'endurer ça jusqu'au bout.

Mais Beethoven avance, indifférent à mes réticences, têtu, confiant. Inexorable…

Léonore se plante devant la rampe et chante ses doutes, sa colère, sa douleur, son espérance : « *Abscheulicher ! Wo eilst du hin ?* » (Monstre, où cours-tu ainsi ?) Par réflexe, je ferme les yeux pour écouter.

Et alors je commence à comprendre ce qui arrive… En me privant de la vue, je vois enfin le théâtre : il réside dans la musique. L'action a quitté la scène pour gagner la fosse. L'orchestre est le lieu où le drame s'élabore, chaque instrument y tient un rôle, et les voix qui en sortent à leur tour y participent. Les sentiments, les aspirations, les mouvements, les lumières, ils sont là, écrits par Beethoven. Au fond, il a raison : pas besoin de décor, un noir de fumée suffit ; au diable, les attributs traditionnels du show, le vrai spectacle reste celui des cœurs tourmentés.

Je bascule. Le chant des prisonniers « *O welche Lust* » (Oh quelle envie) abolit mes ultimes réticences : l'œuvre me passionne.

Quand, au deuxième acte, apparaît Florestan dans sa cellule, je suis transi. Voilà l'homme selon Beethoven, l'homme entravé, humilié, dépouillé, immobilisé par des chaînes dans l'obscurité, empêché d'aimer ! Ce héros qui a d'emblée l'air d'un Prométhée vaincu, malade, accroché au rocher, il me bouleverse. Attend-il encore quelque chose ? Il semble aussi prisonnier du désespoir.

Intraitable, tenace, Léonore va le sauver, le libérer, le rendre à la lumière du jour.

④ *Fidelio,*
extrait du Finale
de l'acte II

Le final, à partir de l'extatique « *O Gott ! O welch ein Augenblick !* » (Mon Dieu, quel moment), m'emmène au plus haut ; le lustre décampe, le plafond de l'opéra s'est volatilisé, j'aperçois le ciel.

Après la dernière note, je tremble, incapable d'applaudir. Une chaleur inhabituelle sur mes joues m'apprend que mes yeux pleurent... Sans moi, la salle accorde un triomphe mérité aux interprètes.

L'unique drame lyrique de Beethoven reprend en l'inversant le premier opéra de l'Histoire, l'*Orfeo* de Monteverdi : un sauvetage matrimonial. Ce n'est pas l'homme – Orphée – qui va chercher sa femme Eurydice aux Enfers mais l'épouse – Léonore – qui va chercher son mari Florestan en prison. Étrange similarité... Mettre une histoire en musique plutôt qu'en mots inciterait-il à parler de fidélité, guérir l'être humain par l'amour ?

Après la représentation, je marche longtemps dans le Zurich nocturne, en proie à des rêveries nouvelles. Je songe à la dimension sublime que le compositeur a extraite de cette femme d'un mètre soixante, cette Léonore aux inflexions aiguës qui porte si mal la culotte, cette ménagère dont je voulais tant me gausser d'abord. Quelle route Beethoven m'a obligé à parcourir... Tandis que je ricanais à l'ouverture du rideau, à sa fermeture j'étouffais de gratitude. Passant de la moquerie à l'émerveillement, ma vision a changé.

De plomb, mon regard est devenu d'or.

Quelle formule constitue le secret de l'alchimiste Beethoven ?

Une réminiscence d'Aristote me met sur la voie. Analysant – il y a deux mille quatre cents ans – la comédie et la tragédie, Aristote les différenciait par l'enjeu moral : la comédie peint ce qu'il y a de petit en l'homme, la tragédie montre ce qu'il y a d'élevé. L'une vise bas, l'autre vise haut. Comédie et tragédie ne s'opposent pas sur le rire et les larmes – on ne s'esclaffe pas forcément à une comédie, on ne sanglote pas nécessairement à la tragédie –, mais sur le contenu philosophique. La comédie souligne les défauts des hommes, niaiseries, mesquineries ; la tragédie en exalte les qualités, intelligence, courage. La comédie diminue, la tragédie agrandit.

Se moquer revient à affirmer une supériorité sur ceux qu'on fustige ; le ricaneur juge, condamne, glacé, méprisant. Tout comique ne se place pourtant pas au-dessus de ce qu'il décrit, il se perçoit parfois aussi misérable et adopte alors la compassion, cette fraternelle pitié que l'on nomme humour. Néanmoins, froids ou chauds, les amuseurs expriment une conception désabusée, sinon désespérée, de l'humanité.

L'auteur tragique, en revanche, traque la splendeur et la dignité humaines. Le personnage principal est promu héros ; même blessé, même humilié, même mourant, il garde le front haut, la prunelle claire : il tient debout. Comme Ludwig van, le héros tragique provoque l'admiration.

Beethoven me le prouve : on peut chanter dans une impasse, revendiquer l'optimisme en ayant conscience du tragique. Parce qu'on dénonce le mal, la violence, la douleur, parce qu'on présente l'homme dans l'obscurité, les fers ou l'ignorance, on désigne sa précellence, on fête sa vaillance.

Je mesure la sottise de mes préventions antérieures, lorsque je présumais, en m'asseyant au balcon tout à l'heure, qu'il était impossible de réussir un opéra sur la vertu.

En France, on répète à satiété la sentence : « Ce n'est pas avec de bons sentiments qu'on fait de la bonne littérature », une saillie amusante d'André

Gide qui se pétrifia malheureusement en critère littéraire. Chez les petits marquis soumis aux diktats du cynisme ou du nihilisme ambiants, l'aphorisme vira à : « Les bons sentiments fabriquent de la mauvaise littérature. » Adieu donc, Corneille, Goethe, Rousseau, Dickens, et tant d'autres – à coup sûr Gide lui-même, intellectuel militant ! À la trappe Bach ! *Farewell* Beethoven ! Dans les poubelles de la morale ! Certains amateurs de fausses fenêtres pour la symétrie, vont encore plus loin, arguant que « les mauvais sentiments engendrent la bonne littérature » ou que « les mauvais sentiments améliorent la littérature », comme si les sentiments, quels qu'ils soient, donnaient l'aptitude à écrire une phrase valable, à organiser une histoire, à créer une cohérence entre une pensée et son expression. Faut-il que notre époque soit désespérée pour qu'un simple trait d'esprit fonde un catéchisme, nous fournisse des repères. Quel naufrage... Pauvre Gide à qui l'on prête cette sottise, car la bêtise ne réside pas dans la boutade de cet homme intelligent, mais dans l'usage qu'en tirent les imbéciles.

Et, avant de voir *Fidelio*, je lui appartenais, à cette troupe d'imbéciles, puisque j'avais débarqué lardé de préjugés à l'Opéra suisse.

La vigueur de l'œuvre m'a permis de lâcher cette masse un instant, de marquer un pas de côté.

Cependant, j'oublie mon expérience zurichoise, je la plie dans un mouchoir, la range contre mon cœur. Il me semble que ce que j'éprouve ce soir-là, c'est, sinon honteux, du moins, anachronique, un vent contraire soufflant dans l'air du temps. Je n'ai pas la hardiesse de lui emboîter le pas, ni de modifier mon opinion du monde.

Voilà ce que ma conscience superficielle assure de sa voix claire.

Or, au creux de moi, dans l'imaginaire, dans la sensibilité, dans la mémoire, une trace plus épaisse se dépose. Laquelle accomplira son travail toute seule.

Sans moi. Ou cette partie bavarde, sociale, influençable, que j'appelle « moi »...

Par la suite, en tant qu'écrivain, je serai attaqué pour usage de « bons sentiments ». Heureusement, grâce à Beethoven et à ce *Fidelio* miraculeux de Zurich, je saurai comment, non pas riposter, mais hausser les épaules afin de continuer mon chemin.

*

J'avance trop vite.

Car la matière résiste, rebelle... Les péripéties, les rendez-vous, les décennies qui s'écoulent, les réflexions, la musique... chaque élément possède son rythme propre. La vérité ignore le temps. Une rencontre s'avère « décisive » quelques années plus tard ; une première fois n'acquiert son caractère de « première fois » qu'après avoir provoqué un changement, à la centième fois peut-être... Si nos existences sont chronologiques, la vie de notre esprit ne l'est pas.

Le piège d'un récit autobiographique consiste à imposer un ordre à des réalités fragmentaires, dissociées – que cet ordre soit temporel, narratif, ou rationnel – et, dès lors, ne plus respecter les réseaux subtils, complexes, anachroniques, sécables, qui tissent l'étoffe d'un destin.

Beethoven avait disparu de mon quotidien. En tout cas, de mon quotidien conscient. Je ne l'écoutais plus, je ne m'y référais pas, je n'y songeais jamais.

Aussi lorsque j'entrai, à quarante ans tassés, au Ny Carlsberg Glyptotek dans ce musée danois qui consacrait une pièce à Beethoven – ses masques, ses portraits sculptés –, je fus frappé de stupeur.

Cela s'effectua en deux temps.

— Curieux, m'étonnai-je, Beethoven a tant compté pour nos ancêtres qu'ils en collectionnaient les images, qu'ils organisèrent un commerce de ses effigies, que de prodigieux sculpteurs qui ne l'avaient jamais croisé employaient leur talent à façonner sa figure !

— D'abord, je me rendis compte que nous avions rompu avec cette époque puisque, aujourd'hui, cette prévalence avait cessé.

— N'ai-je pas, ajoutai-je, moi aussi, passé autrefois des centaines d'heures en compagnie de ce bonhomme ?

Je fixai la tête muette.

Beethoven soutint mon regard sans ciller, les traits durs, fermés sur eux-mêmes, comme si ce visage, qui n'entendait plus les bruits hors de lui, les entendait mieux en lui. Rien ne le déconcentrait. Tout indiquait la force : une face en muscles, la vigueur d'un cou robuste, des mâchoires de lion, cette crinière drue, sauvage, hérissée autour d'un front immense que la cogitation a constellé de bosses lorsqu'elle cherchait des issues, des yeux médusants, sombres, enfoncés, logés autant dans le crâne qu'à sa surface, exprimant un monde intérieur davantage qu'ils n'observent le monde extérieur. Cependant, adoucissant ce faciès agressif, une fossette d'enfant et une bouche ourlée, délicate.

Puis le buste commença à parler. Que dis-je ? À vrombir, à chanter, à déverser des flots de notes... Son énergie se déchaînait. Ce n'était pas uniquement sa musique qui entrait en moi mais un état d'esprit. J'éprouvais l'émotion qui nous dévaste lorsque nous abordons un souvenir évanoui : le plaisir des retrouvailles joint à la souffrance soudaine de la séparation.

Je découvrais que Beethoven m'avait manqué.

Une conception de l'univers me revenait.

Laquelle ?

La croyance en l'individu. Beethoven, au rebours de son époque futile, résistant aux obstacles – pauvreté, surdité, échecs amoureux, maladies – qui s'amoncelaient, négligeant les critiques, indifférent aux modes, Beethoven croyait à l'affirmation individuelle. Et cela ne se confond pas avec l'individualisme – cet égoïsme qui prospère dans l'incurie –, cela avance l'idée qu'un individu dispose d'un don, le pouvoir d'être lui-même, de changer ses contemporains – voire la postérité –, d'influer sur la société.

La puissance de l'individu, notre époque l'a tuée. Personne n'estime raisonnablement aujourd'hui qu'un individu compte. L'humain seul, nu, on ne le voit plus que broyé, servi en steak haché, dépassé par les progrès technologiques, exposé à la rapacité des banques, états, groupes capitalistiques. Les structures économiques, financières, politiques, médiatiques triomphent, plus contraignantes que n'importe qui. On n'espère plus en la révolution, on rit de l'initiative.

Auschwitz témoigne de ça. Auschwitz, ce n'est pas qu'Auschwitz ni la Shoah, c'est le symbole des forces qui broient l'homme, des totalitarismes, du monde qui se vide de sa substance humaine. Auschwitz, c'est la preuve que le progrès, s'il existe en sciences et en techniques, n'existe pas en humanité. Raté : avec le temps, les hommes ne deviennent pas meilleurs, ni plus intelligents ni plus moraux. L'humanité ne s'élève ni systématiquement ni inexorablement. Sans flamme individuelle, les barbares stagnent dans leur barbarie, même s'ils accumulent les informations et maîtrisent des techniques sophistiquées. Auschwitz, c'est le cimetière des Juifs, des tziganes, des homosexuels, mais c'est aussi le cimetière d'une espérance.

Soudain, à Copenhague, face à ce crâne viril qui m'envoyait sonates, symphonies et concepts, je m'interrogeai : avons-nous raison d'abandonner la partie ?

Devons-nous laisser le siècle nous écraser ? Ne plus croire en nous ? Nous résoudre à survivre au lieu de vivre ? Vaquer sans rien attendre, sinon la fin ? L'absurde occupera-t-il tout le terrain ?

Le buste de Beethoven me réveillait. Par lui, je concevais que, depuis deux décennies, je ne marchais qu'à moitié dans mes vraies chaussures, que je ne séjournais que partiellement en mon enveloppe, qu'un pan de mon esprit avait brûlé. Beethoven réactivait mes émotions, remuait mes sentiments, me soufflait que je pouvais servir, me battre, m'investir, aimer les autres au-delà du pondéré.

Combatif, teigneux, volontaire, Beethoven me toisait comme un bélier regarde le portail qu'il va défoncer.

Je l'autorisai à fracasser mes réticences.

Ainsi Beethoven avait trépassé deux fois, une fois de chair au XIXe, une fois d'esprit au XXe siècle. Avec lui s'était éteint un certain humanisme.

Fini ! Nous ne croyons plus en l'homme.

Mais alors, en qui ?

Le salut demeure-t-il possible ?

*

Je ne connais rien de plus vertigineux qu'une étincelle.

Brève, fragile, expirant dès sa naissance si elle ne trouve pas où se lover, elle surgit et s'éclipse. On ne se méfie pas de cet éclat, lequel déclenche pourtant les incendies ravageurs, les feux inextinguibles, les désastres qui nous terrorisent.

La pensée est une étincelle. L'air bénin, inefficace, elle n'annonce pas en son début les proportions que peut prendre sa diffusion, ni sa capacité d'embraser le monde en bien comme en mal.

Sous le crâne de Beethoven, il y a cette étincelle.

Et lorsque son buste me fixe, j'ai l'impression qu'il en allume une, semblable, en moi : je me remets à croire en l'homme, en sa force individuelle, à la contagion du courage.

Qu'est-ce qu'un homme ?

Celui qui se pose cette question, justement. Être un homme, c'est trimballer ces interrogations incessantes. Être un homme, c'est porter dans sa chair le lieu problématique de tous les problèmes.

Pas reluisante, la condition humaine... Ni enviable. Comme les animaux ont de la chance, eux, dotés d'un instinct qui leur apporte la réponse sans que la question soit formulée, jouissant d'une conscience d'exister que ne double pas la conscience de devoir disparaître ! Nous, il ne brille pas, notre dénominateur commun : une inquiétude. Frappés de doute, avançant dans un marais aux eaux troubles, nous ne partageons que notre faiblesse, notre ignorance.

Depuis toujours, les hommes détestent la condition humaine. Ils s'accommodent mal de ce qu'ils sont ; ils se préféreraient dieux, statues, voire arbres. Abominant ce creux vertigineux qui les constitue, ils se prétendent plus solides, plus denses, moins éphémères, ils s'inventent des racines. Hier ou aujourd'hui, ils se définissent par un lieu de naissance, une famille, un clan, une nation, une religion ; ils s'attachent, ils se fondent, ils se lient à ce qui n'est pas eux et qui subsiste, ils se donnent de la consistance, tentent de se couler dans le bronze. Refusant d'avoir le problème comme identité, ils y substituent des identités qu'ils voudraient dépourvues de problèmes. Oubliant d'être un homme, chacun se conçoit plutôt comme un Américain, un Chinois, un Français, un Basque, un catholique, un musulman, un homosexuel, un riche, un pauvre... Comme si un masque recouvrait un homme entier, comme si un habit planquait la condition humaine...

Beethoven, lui, ne se montre pas dupe.

Lucide, il sait qu'une trajectoire humaine représente un combat dont on sort vaincu : on perd ses forces, les gens qu'on aime, le pouvoir de faire, enfin la vie elle-même. On ne gagne pas. La seule promesse que réalisera demain, ce sera notre défaite. Jamais on n'a vu une chèvre venir à bout d'un loup, nous précise Alphonse Daudet dans sa terrible fable, *La Chèvre de M. Seguin*, où une biquette, par amour de la liberté, quitte la prison de son enclos pour découvrir la nature sauvage, s'en enivrer lorsque, au soir, le loup s'approche en se léchant les babines. « Un moment, en se rappelant l'histoire de la vieille Renaude qui s'était battue toute la nuit pour être mangée le matin, elle se dit qu'il vaudrait peut-être mieux se laisser manger tout de suite ; puis, s'étant ravisée, elle tomba en garde, la tête basse et la corne en avant, comme une brave chèvre de M. Seguin qu'elle était [...]. Non pas qu'elle eût l'espoir de tuer le loup – les chèvres ne tuent pas le loup : mais pour voir si elle pourrait tenir aussi longtemps que la Renaude... Alors le monstre s'avança, et les petites cornes entrèrent dans la danse. Ah ! La brave chevrette, comme elle y allait de bon cœur ! Plus de dix fois, elle força le loup à reculer pour prendre haleine. Pendant ces trêves d'une minute, la gourmande cueillait en hâte encore un brin de sa chère herbe, puis elle retournait au combat, la bouche pleine... Cela dura toute la nuit. De temps en temps la chèvre de M. Seguin regardait les étoiles danser dans le ciel clair, et se disait : "Oh ! Pourvu que je tienne jusqu'à l'aube..." »

Si tout a un terme, alors à quoi bon ?

Pourquoi lutter, résister jusqu'à l'aube ?

Beethoven me dévore de ses yeux noirs, fumants, et m'objecte :

— Le but n'est pas de changer la condition humaine en devenant immortel, omniscient, tout-puissant ; non, le but est d'habiter la condition humaine.

Pour y parvenir, il faut d'abord accepter notre fragilité, nos défaillances, nos tourments, notre perplexité ; abandonner l'illusion de savoir ; faire le deuil de la vérité ; reconnaître l'autre comme un frère en questionnement et en ignorance ; cela s'appelle l'humanisme.

Pour s'y maintenir, il faut aussi lutter contre la peur, celle de l'échec, celle de la vie, celle de la mort ; cela s'appelle le courage.

Pour y persévérer, il faut exhaler ce qu'il y a de meilleur en l'homme, de beau dans le cosmos, d'admirable parmi la création ; cela s'appelle la hauteur.

Pour s'y sentir bien, il faut dépasser la tristesse, le désarroi, la haine du provisoire, le besoin de posséder ; on doit préférer ouvrir les bras, privilégier l'énergie, célébrer l'existence ; cela s'appelle la joie.

Humanisme, courage, culte de la hauteur, choix de la joie : voilà les quatre propositions de Beethoven.

On appelle cela une morale.

*

Quelques semaines après Copenhague, Beethoven était revenu dans ma vie. Je lui ouvris grand les portes de ma maison et le laissai de nouveau m'apprivoiser.

Combien d'heures avons-nous passées ensemble, au lit ou sur le canapé ? Plus j'écoutais ses sonates pour piano, plus je sentais le dur cuir de mon esprit s'attendrir. Sous l'intellect, les révoltes, les emportements, les apitoiements, les enthousiasmes renaissaient. J'avais l'impression que se revitalisaient des zones ravagées en moi.

Au fond, je me rééduquais à la naïveté.

Enfin, à la bonne naïveté…

Car il y a deux naïvetés, la néfaste et la salutaire.

Celle qui nie le mal et celle qui le combat.

La naïveté dangereuse consiste à ignorer les mauvaises intentions, à minorer l'injustice, à contester le sadisme, la cruauté ou la sottise. Cette naïveté-là – un angélisme – rejoint l'imbécillité tant elle s'aveugle et s'écarte de la réalité.

La fructueuse naïveté, en revanche, ne s'illusionne pas sur l'état corrompu du monde. Sa marque distincte ? Elle agit. Elle refuse de collaborer avec le négatif, elle s'engage dans la lutte, elle continue à affirmer des valeurs positives, elle prétend que les individus améliorent les choses.

Au rebours de notre époque démissionnaire, Beethoven me rapprenait cette naïveté essentielle : la confiance. Croire en sa force et se forcer à croire.

Opiniâtre, pur, bandé comme un arc, Beethoven m'engageait à ne jamais me désengager.

— Quand je pense que Beethoven est mort alors que tant de crétins vivent ! s'était exclamé mon professeur de piano.

Beethoven me présentait, rangés en groupes, ceux que la péremptoire Mme Vo Than Loc désignait comme « les crétins » : les *indifférents*, les *blasés*, les *cyniques*, les *nihilistes*.

L'*indifférent* se fout de tout, de tous, de toutes, sauf de lui. Lui parler de solidarité, cela revient à parler points de tricot avec une limace. S'il s'éloigne de sa communauté, de sa génération, de celles qui suivront, il ne s'avère pas détaché de ses plaisirs. Étranger à l'univers, égoïste, inatteignable, il habite une terre aux frontières protégées qui s'appelle lui. Personne ne passe la douane.

Le *blasé*, qui a déjà tout vu, tout connu, tout vécu, tout entendu, s'avoue fatigué. Il l'est à n'en pas douter puisqu'il n'aperçoit plus que les ressemblances, jamais les différences, sa perception s'étant émoussée avec les ans. Quant à son imagination, elle s'est desséchée sans qu'il s'en rende compte. Une victime – consentante – de l'usure.

Le *cynique* déchiffre le monde d'une façon brillante, révélant toujours le noir sous le blanc, le vice sous la vertu, l'intérêt sous l'altruisme, en pratiquant un perpétuel soupçon. Allergique à l'idéal, détestant Beethoven, il se sert de son intelligence comme d'un scalpel qui éventre les évidences, déchire les illusions et dévoile des pans ignorés du réel ; cependant, par une étrange préférence, il n'en détache que les laideurs ignorées, les calculs dissimulés, les fondements mauvais. Pour lui, viser bas, c'est viser juste. Penser consiste à détruire, à déconstruire, jamais à édifier ni à créer. Je crains que cette complaisance pour le mesquin non seulement exprime le peu d'estime que porte le cynique aux autres, mais surtout révèle une étrange compétition. « Puisque le monde est mauvais, déclare-t-il, soyons au moins le plus mauvais. » Tendant à une ahurissante excellence, il développe un culte de sa propre intelligence assimilée à la dénonciation. Le cynique n'a plus d'idéaux sauf un : sa réussite ! Voici son axiome : « Tout se vaut, donc rien ne vaut, à part moi qui le montre ».

Le *nihiliste*, celui qui ne croit en rien, aspire à la pureté. Radical, il aimerait devenir le Saint du Néant. « Rien ne vaut, ni moi ni ma vie. » La conséquence logique du nihilisme reste le suicide. On ne rencontre donc jamais d'authentiques nihilistes car le vrai nihiliste est toujours déjà mort. Ceux que nous entendons pérorer sont des faux, des poseurs ou des postulants, des « qui voudraient bien mais qui n'ont pas l'audace », bref des incohérents. On ne croise que des nihilistes ratés.

À rebours, l'optimiste Beethoven croit à la richesse du monde naturel et humain, à sa profusion, aux milliers de surprises qu'il réserve. Beethoven n'est pas un défunt marchant dans un cimetière. Il demeure vigilant, il guette la grâce, il discerne la complexité, il débusque la grandeur. Une phrase de Nietzsche dans *Ainsi parlait Zarathoustra* me semble magnifiquement résumer cette bienveillance attentive : « Le monde est profond. Plus profond que n'a pensé le jour. »

*

Alors que, sous la conduite de Beethoven, je commençais ma convalescence, la vie me tendit soudain un piège.

J'appris que la personne que j'aimais était tombée amoureuse d'un autre.

De qui reçus-je cette révélation ? D'elle-même. Cela avait été dit doucement, sans agression, avec une honnêteté tranchante...

Ce n'était pas l'annonce d'un départ. Juste l'énoncé d'un fait.

S'il y avait une décision à prendre, j'en demeurais maître.

Entaillé par cet aveu, alourdi, je montai m'isoler dans mon bureau ; en vingt secondes, le temps d'une volée d'escaliers, l'atelier d'écriture devint mon refuge puisque là, d'ordinaire, je ne souffrais pas, je cohabitais heureux avec les créatures de mes fictions, je respirais large entre la page blanche, les murs pâles et le ciel pastel sur lequel donnent les vitres hautes.

Assis à ma table comme si j'allais travailler, je songeai à ce qui m'arrivait. Quelle ironie ! Lors même que j'avais rédigé maintes pages contre la jalousie – sentiment odieux, symptôme d'insécurité plus que d'amour –, voilà que m'était offerte l'occasion d'être jaloux.

Souffrais-je ? En moi s'était fracassé un rêve, celui d'un amour unique, perpétuel, insolent, inhabituel, modèle, lequel devait durer autant que nous ; de cette histoire sublime, la banalité était venue à bout, nous n'étions pas exceptionnels. Je me rappelai aussi les divers moments de tentation, lorsque, à mon tour, j'avais failli ruiner notre couple ; avec fureur, je me remémorai la douleur de mes renoncements, ce qu'ils m'avaient parfois coûté de tristesse, de lassitude, de mélancolie. Enfin, je me reprochai les moments d'absence, de négligence, qui avaient éventuellement provoqué cette évasion amoureuse.

Après quelques minutes, je commençai à noircir le papier. D'abord, par malaise : j'avais besoin de cracher ma peine, de vomir mon dégoût, d'expulser ce qui me broyait les tripes. Ensuite, par naïveté : mes mots ne pouvaient-ils pas transformer la réalité, créer un monde différent ? J'entrepris une lettre copieuse dont je crus, pendant dix paragraphes, qu'elle allait tout changer, démonter le passé, modifier l'avenir. Puis la stupidité de ma démarche m'apparut. Non, je n'étais pas Dieu, ni le démiurge de ma vie. Je n'avais aucun empire. Pas même celui d'arrêter de souffrir.

Effrayé, je repoussai les feuilles et me jetai dans la liseuse où à l'accoutumée les chiens s'installent pour surveiller mon labeur. J'avais le sentiment d'une double perte : on venait de briser mon couple, je venais de casser l'autre élément sacré, l'écriture. Car les minutes précédentes, je n'écrivais pas en artiste, non, je me soulageais ; ma parole ne s'adressait à personne, elle n'était qu'une complication du cri...

Je me mis à pleurer. Oh, je n'étais pas dupe de ces larmes, mais je m'y plaisais. C'étaient des larmes de nostalgie... Je pleurais pour redevenir un enfant. Je pleurais parce que je voulais croire que quelqu'un allait venir me consoler, qu'un chagrin capricieux modifierait magiquement l'univers.

Après deux heures, j'avais épuisé tous mes faux sortilèges : l'écriture et les sanglots.

Je me retrouvai nu, sans recours ni artifices. La solitude me foudroya. Je craignis le silence.

D'un geste presque réflexe, je branchai la radio.

Coda d'un morceau. Un temps. J'attends la désannonce du présentateur m'apprenant les noms des interprètes.

Or la musique reprend.

Je la reconnais. Mouvement lent du *Quatrième Concerto* pour piano. Beethoven encore ! J'hésite à éteindre l'appareil…

⑤ *Quatrième Concerto pour piano et orchestre, deuxième mouvement*

L'orchestre s'empare de moi, me secoue, m'ordonne de l'écouter.

Au début, c'est un conflit. Deux entités s'opposent : les cordes violentes, dramatiques, et le piano doux. Celles-là fument, raclent, menacent, grondent ; celui-ci murmure. Leur antagonisme de timbre est poussé au paroxysme. Moi qui ai toujours pensé, comme Maurice Ravel, que ces instruments – archets et clavier – n'allaient pas ensemble, j'en ai la confirmation. La lourde masse des cordes aux sons musclés, tenus, tendus, tente d'assommer le grêle et solitaire piano.

Entre leurs interventions, du silence.

Un silence double : le silence où quelque chose meurt, le silence où quelque chose naît. Le silence où s'évapore le fracas des cordes ; le silence où apparaît, fragile, le chant du piano.

Je commence à comprendre…

Choc d'énergies contradictoires. Goliath contre David. Le géant contre l'enfant. À première vue – ou à première oreille –, on connaît le résultat. Or, quoique les cordes cherchent à l'intimider, le piano ne hausse pas le ton, reste d'une étonnante sérénité, persiste.

Progressivement, le rapport des adversaires se modifie. Les cordes tonitruantes vacillent, louvoient, interviennent plus souvent mais sans parvenir à troubler la gentillesse du piano. Elles finissent par décroître, devenir l'écho d'elles-mêmes, tandis que le piano poursuit seul, épanouissant les fleurs de ses accords avec tendresse. Puisque le champ est libre, il se permet, le temps d'un long trille, de se montrer plus vibrant, plus sonore. Les cordes reviennent, domptées, et s'aplatissent en tapis.

L'antagonisme s'est estompé. Le recueillement l'a emporté sur le tumulte. L'indulgence règne.

L'héroïsme ne serait-il pas là où l'on croit ? Pas dans l'agressivité, le biceps, les grimaces effrayantes des matamores, mais dans le repli, la tolérance, le consentement ?

Je m'identifie au piano, cette voix faible, battue, qui ose le murmure. Elle se sait fragile mais elle n'emprunte pas les moyens de l'autre, elle ne mime pas la force, elle ne crie pas, elle ne répond pas à la violence par la violence.

C'est la victoire d'un chuchotis harmonieux contre le vacarme monodique, de l'espoir contre l'abattement. L'amour s'amorce, l'amour sourit, l'amour monte, l'amour se développe, sa sève envahit tout.

Me relevant, je quitte la pièce et descends les escaliers, impatient d'annoncer la nouvelle : je pardonne.

La sottise de mes souffrances antérieures me frappe. De quoi souffrais-je précisément ?

Pas d'amour, mais d'amour-propre car je me vantais d'appartenir à un couple supérieur, incorruptible, au-dessus du commun.

Pas d'amour, mais de radinerie puisque je refusais de partager l'être aimé, je tenais à le garder pour moi, à capturer et enfermer tous ses sentiments dans mon coffre.

Pas d'amour, mais de confusion mentale : si l'on aimait ailleurs, ce n'était pas parce qu'on m'aimait moins, juste parce qu'on aimait différemment une autre personne. Pouvais-je prétendre incarner tous les hommes ? Et tous les amours ?

Je pardonne.

Beethoven m'a purifié de mes pulsions agressives : ce qui faisait la beauté de notre couple, c'était l'amour, justement. Je ne tuerai donc pas l'amour. Au contraire, j'aperçois même un défi : prouver que l'amour existe.

Au bas de l'escalier, non seulement je pardonne mais j'accepte.

*

— Vous exagérez !
— Vous délirez…
— Vous inventez ?

Certains auront du mal à me croire. Ils refuseront de me suivre. Pas uniquement sur ma conception de l'amour, mais sur le guide que je revendique.

— Comment osez-vous prétendre que Beethoven vous conseille ? Et surtout que Beethoven vous enjoint d'agir plutôt comme ceci que comme cela ?

Ils me rappelleront que Franz Liszt avait interprété autrement ce *Quatrième Concerto* pour piano, y voyant, lui, le combat des Furies contre Orphée,

Quand je pense que Beethoven est mort... 161

lorsque ces monstresses veulent empêcher le poète de retrouver sa femme défunte aux Enfers. Ils ajouteront que, de toute façon, Liszt ou moi, nous disons n'importe quoi puisque l'on pourrait aussi repérer dans cet antagonisme sonore le combat du masculin et du féminin, du yin et du yang, de l'adulte et de l'enfant, de la mort et de la vie, du mal et du bien, de Pilate et de Jésus...

— La musique n'est que de la musique, vociféreront-ils. La musique ne représente rien, n'illustre pas, ne pense jamais ! La musique n'a qu'une logique, la logique musicale. Elle évolue hors du sens. Ne tentez pas de la ramener à la sphère spirituelle.

Quelle attitude étrange... Ces intégristes, croyant servir la musique, la desservent car ils la retirent de nos vies, l'amputent de son pouvoir sur nous, la rendant superflue, insignifiante, accessoire, négligeable, sans conséquences.

Certes, je leur accorde volontiers que la musique ne représente rien : même si les compositeurs raffolent des titres narratifs, comme les *Quatre Saisons*, la *Symphonie Pastorale*, Vivaldi n'égale pas Botticelli peignant des fleurs ni Beethoven Corot brossant la nature. Quand ils accolent un « programme » à leur musique, ils avouent justement l'incapacité de la musique à reproduire pertinemment la réalité : privés de leurs commentaires, nous n'aurions pas compris.

Cependant, ne rien représenter ne signifie pas n'avoir aucun sens.

La musique touche, insinue. Elle fouille, tourneboule et modifie l'humain, l'atteignant au plus profond.

Quand Liszt évoque Orphée face aux Furies, quand j'évite le crime passionnel ou la rupture pour m'ouvrir à une plus digne compréhension amoureuse, ni Liszt ni moi n'apportons la vérité, seulement notre vérité. Nous témoignons de la force et de la vitalité de cette musique. Lorsque nous décrivons ce concerto, nous racontons avec des approximations – des images et des phrases – les bouleversements intimes qu'a provoqués cette page en nous, sa puissance, sa fécondité. Nous témoignons que ce ne sont pas que nos oreilles ou notre cerveau solfégique qui furent affectés, mais davantage, tout notre être avec son histoire entière…

Le sens de la musique, ce n'est pas d'avoir un sens précis mais d'être la métaphore de nombreux sens. Sinon, autant employer les mots…

Si on considère la poésie comme la musique de la littérature, c'est parce que la poésie ne cherche pas l'univocité, elle incite, elle suggère.

Le mystère donne plus à réfléchir que la clarté. De surcroît, il n'est pas son ennemi puisque, au contraire, il est son fournisseur.

*

Je connais un arbre musicien.

Un jour, alors que nous cherchions une maison de campagne, nous l'avons croisé : l'arbre se tenait, couronne de feuilles tendres sur un tronc sombre, au milieu d'un jardin entre une tour médiévale mangée par le lierre et une bâtisse du XVIIe siècle en pierre bleue. Au début, il s'est montré discret, restant à sa place de végétal ; il nous a laissés explorer les bâtiments, parcourir le terrain, sonder les remparts ; il s'est contenté de nous attendre, convaincu qu'après ces examens techniques nous nous placerions sous lui. De fait, dans son ombre fraîche, enveloppés par ses branches parfumées, nous avons délibéré et discuté les atouts ou les inconvénients de cette propriété. L'évidence nous pénétrait lentement : nous nous plaisions ici… Pendant plusieurs visites, l'arbre nous accueillit, infusant cette sensation de félicité ; elle contaminait même nos trois chiens, qui, après avoir joué à se poursuivre dans l'herbe, à sauter les talus, à se cacher derrière les buissons, s'affalaient sur sa mousse, haletants, pour reprendre leur souffle, cœur battant, corps chaud, yeux plissés de bonheur. Après quelques semaines, nous avons acquis la demeure historique ; je crois cependant que nous achetions surtout le droit de fréquenter l'arbre enchanteur sous lequel on respire si bien.

C'est un tilleul, autrement dit un arbre double, affichant deux aspects, plat l'hiver, en relief l'été. De novembre à mars, lorsque ses branches nues se découpent sur le ciel blême, tels des traits à l'encre de Chine, il se réduit à un dessin, mais sitôt que le printemps l'étoffe de feuilles, l'arrondit, l'épaissit, il récupère sa troisième dimension et devient une sculpture animée.

C'est un tilleul, autrement dit plus qu'un arbre puisqu'il offre aussi une couleur – vert pâle –, et un parfum – doux, sucré, lénifiant.

C'est un tilleul, autrement dit, un refuge amoureux car, selon la légende, à l'abri de ses feuilles en forme de cœur, les sentiments se fortifient. « Pour peu que des époux séjournent sous leur ombre, ils s'aiment jusqu'au bout malgré l'effort des ans », affirmait La Fontaine.

C'est un tilleul, autrement dit, un scribe, un compagnon d'écrivain vu qu'on taille les crayons dans son aubier.

Or ce tilleul ne se comporte pas comme ses collègues : cet arbre s'est révélé musicien.

Quand je m'assieds sous son ombre, il m'envoie scherzos, adagios, allegros et andantes. Ne croyez pas que j'évoque la banale connivence des arbres et des instruments – on sait que leur bois en fournit la matière principale, amplifie leurs sons, participe à l'élaboration de leur timbre, ainsi le noyer où résonne le piano, l'épicéa, l'érable ondé ou le buis qui constituent violons et violoncelles, l'ébène, le palissandre dans lesquels on sculpte les instruments à vent – car du tilleul, ce bois léger, on tire peu, seulement des touches de piano, recouvertes ensuite d'ivoire.

Pourtant, ce n'est pas du piano que me joue mon arbre.

Il pratique le quatuor à cordes.

Au moment où je m'adosse à son tronc, il hésite une minute puis, une fois certain que je suis installé pour quelques heures, il démarre, m'envoie un son compact, souple, crépitant. Attention, il fait de la musique d'arbre, invisible et inaudible. Ça ne bruisse pas dans l'air, ça n'entre pas par les oreilles, ça arrive directement à l'esprit.

De la musique télépathique.

Je n'ai d'abord pas su identifier les œuvres dont le tilleul me régalait car elles m'étaient inouïes.

Grâce au voyage à Copenhague, et parce que j'arpente désormais le continent du Grand Sourd, je viens de découvrir que l'arbre me joue les derniers quatuors de Beethoven depuis des années.

⑥ *Quinzième Quatuor à cordes, troisième mouvement*

De 1823 jusqu'à sa mort en 1827, emmuré dans le silence et la solitude, Beethoven ne s'était plus consacré qu'à ses quatuors, cinq œuvres où deux violons, un alto, un violoncelle explorent ses paysages intérieurs.

Est-ce parce que je l'entends sous l'arbre ? Il y a quelque chose de ligneux, de végétal, dans ce chant. Ça râpe comme une écorce ; les voix s'épousent, se tordent, se lient, se contournent telles des branches qui poussent de concert vers l'horizon ; la basse semble une racine serpentant au sol, lente, puissante, fondamentale, incorruptible. Ça ne s'envole jamais – un arbre saute-t-il ? –, ça tremble parfois – le vent dans les feuilles –, ça demeure terrien, terrestre. Cependant, à partir de ses attaches solides, ça devient plus aérien, ça plane, frondaisons en suspens.

Austères quatuors… Remisant sa palette symphonique, à mille lieux des gigantesques contrastes sonores, Beethoven renonce aux couleurs, à la variété des timbres, leurs oppositions, leur séduction. On a presque l'impression qu'il renonce aussi à la mélodie, qu'il y préfère de longues tenues de cordes, des frémissements, des attaques. C'est une méditation. Il se dépouille de ce qui charpentait son langage antérieur.

Il nous appelle au même dépouillement : « Cessez de lire des mélodies là où je n'en mets pas, n'anticipez plus sur les développements à venir, n'espérez pas de ma musique des grâces qui vaudraient dans un salon mais n'ont plus de pertinence contre un tronc, au milieu de nulle part. Laissez-vous porter par l'instant imprévisible et plein. »

Mon tilleul joue admirablement ces ultimes quatuors. À travers les rameaux, je regarde autant que j'écoute les nuances monochromatiques du ciel, les envols furtifs d'oiseaux, les fluctuations du climat et des sentiments. Je perçois l'épaisseur de la durée, je sens l'écorce me rentrer dans la peau, intense, présente, à l'instar du temps qui coule.

Quelque chose monte de l'abîme, s'extirpe du sol, jaillit des profondeurs. L'arbre ? La musique ? La vie ? L'être humain ? La conscience ? Tout cela sans doute. Je dois encore le découvrir.

Cet automne, j'ai constaté que je pourrais vieillir sous cet arbre qui interprète si bien Beethoven. Mieux : que j'aimerais y vieillir. Car, à mesure que j'y séjourne, des éclats de sens affleurent : la paix n'a rien à voir avec la tranquillité ; le tourment ne connaît pas de rémission ; la sagesse consiste à épouser l'existence telle qu'elle est. Quoi d'autre ?

Le tilleul en sait plus que moi. Beethoven aussi.

Ils peuvent me donner davantage que ce que j'attendais d'eux. Ils me désignent le chemin des années à venir.

Mon compagnonnage avec Beethoven, loin de s'achever, commence.

*

Quand je pense que Beethoven est mort…

— Quand je pense que Beethoven est mort alors que tant de crétins vivent !

Mme Vo Than Loc avait raison : plus que jamais, nous avons besoin de Beethoven.

Depuis son brusque retour dans mon existence, lors de l'exposition à Copenhague, je me considère son obligé car il m'aide à concevoir un humanisme moderne, un optimisme qui concilie sens du tragique et espoir en l'avenir.

Souvent, on résume la différence entre l'optimiste et le pessimiste par l'image d'un verre : quand un nectar remplit le cristal à cinquante pour cent, le pessimiste y voit un verre à moitié vide, l'optimiste un verre à moitié plein.

La métaphore me paraît juteuse.

Le pessimiste, jugeant le récipient à moitié vide, remarque ce qui n'est pas – le vide – plutôt que ce qui est – le plein. Nostalgique, passéiste, régressif, il pleure ce qui n'est plus – la quantité bue – au lieu d'apprécier ce qui est – la quantité à boire –, et ce qui sera – la volupté de la boire.

Quand le pessimiste ressasse ce qui lui est retiré, l'optimiste observe ce qui lui est promis. Appétit, plaisir et confiance définissent l'optimiste. Morosité, privations et plaintes affligent le pessimiste.

« Conquérir sa joie vaut mieux que de s'abandonner à la tristesse », notait Gide le 12 mai 1927 dans son *Journal*.

Qu'est-ce que la joie ? Une façon pleine, satisfaite, reconnaissante d'habiter l'existence.

Le joyeux ne manque de rien. Pourtant il n'a pas tout – qui possède tout ? En revanche, il se contente de ce qu'il a. Mieux : il s'en délecte.

Le joyeux n'éprouve pas de frustration. Alors qu'au déçu, au déprimé, au mélancolique, au fatigué, tout fait défaut.

Si la tristesse est conscience d'une absence, la joie est conscience d'une présence. Quand la tristesse vise ce qui n'existe pas ou plus – chagrin d'avoir perdu quelqu'un, dégoût de se savoir faible, mortel, impuissant, limité –, la joie découle d'une plénitude. Elle crie notre plaisir d'être vivants, là, éblouis par ce qui nous entoure.

Se réjouir et jouir, telle s'avère la joie. Elle ne demande rien, elle ne déplore rien, elle ne se plaint de rien. Elle célèbre. Elle remercie. La joie est gratitude.

Quelle légèreté nous apporte la joie en nous délestant de ce qui nous alourdit, ambitions, regrets, remords, obsessions, amertumes, illusions, prétentions !

Notre époque ne goûte pas la joie. Elle préfère l'étourdissement et le divertissement, ces pratiques qui nous arrachent à l'ennui ou l'affliction. Dans le joyeux, elle ne voit qu'un abruti, jamais un sage.

Or, rappellent Beethoven et son frère philosophique Spinoza, il y a une sagesse de la joie. Heureux de vivre, non seulement je consens mais j'aime : je consens à ce qui existe et j'aime ce qui tombe sous mes sens. J'épouse et j'adore l'univers.

D'ailleurs, la joie ne serait-elle pas l'essence de l'expérience musicale ?

Lorsque j'écoute un air, je me rends disponible, je savoure ce qui arrive à mes oreilles, mon cerveau, mon cœur, je croque avec gourmandise l'instant vécu. Même sombre, la musique m'offre toujours une occasion de jouir puisqu'elle me remplit, m'exalte, me comble. Pas étonnant que le Grand Sourd ait conçu son *Hymne à la joie* comme son testament, le pic de sa création…

N'oublions pas que la joie, tout autant que la tristesse, se révèle contagieuse. Beethoven veut nous contaminer.

Quel intérêt à transmettre la tristesse ? À ces contemporains ou aux générations suivantes ? Cela relève soit de la vengeance, soit de la cruauté. La plupart des pessimistes deviennent schizoïdes : ils disent noir, ils agissent blanc ; ils syllogisent en pessimistes, ils vivent en optimistes. Pourquoi écrire, composer, peindre, fabriquer des enfants, les soigner, les instruire, bref pourquoi rajouter des êtres à l'être, si l'on ne croit qu'au néant et si l'on ne diagnostique dans l'existence qu'une convulsion avant la mort ?

Après plusieurs mois de cohabitation avec Beethoven, j'en suis venu à formuler ce qu'il m'a suggéré.

Il s'agit d'un credo.

Un credo humaniste.

LE CREDO DE L'OPTIMISME MODERNE

« *Je suis optimiste* parce que je trouve le monde féroce, injuste, indifférent.

Je suis optimiste parce que j'estime la vie trop courte, limitée, douloureuse.

Je suis optimiste parce que j'ai accompli le deuil de la connaissance et que je sais désormais que je ne saurai jamais.

Je suis optimiste parce que je remarque que tout équilibre est fragile, provisoire.

Je suis optimiste parce que je ne crois pas au progrès, plus exactement, je ne crois pas qu'il y ait un progrès automatique, nécessaire, inéluctable, un progrès sans moi, sans nous, sans notre volonté et notre sueur.

Je suis optimiste parce que je crains que le pire n'arrive et que je ferai tout pour l'éviter.

Je suis optimiste parce que c'est la seule proposition intelligente que l'absurde m'inspire.

Je suis optimiste parce que c'est l'unique action cohérente que le désespoir me souffle.

Oui, je suis optimiste parce que c'est un pari avantageux : si le destin me prouve que j'ai eu raison d'avoir confiance, j'aurai gagné ; et si le destin révèle mon erreur, je n'aurai rien perdu mais j'aurai eu une meilleure vie, plus utile, plus généreuse. »

*

— Quand je pense que Beethoven est mort alors que tant de crétins vivent.

Le message du Grand Sourd nous revient. Parce que nous l'avions oublié, ce qu'il nous dit résonne fort, nouveau, abrupt, surprenant, provocant. Il nous réveille.

Au fond, ce n'était pas lui le défunt, mais nous. Décès cérébral. Coma spirituel. Nous avions tué cette foi en l'humain qui fonde les nobles entreprises, l'exaltation volontaire, l'optimisme héroïque.

Je ne sais si Mme Vo Than Loc demeure toujours parmi nous ou si elle chante avec une chorale d'anges mais, où qu'elle soit, je voulais, par ces lignes, la remercier, et surtout l'informer de cette bonne nouvelle :

— Finalement, Beethoven n'est peut-être pas mort. Et je doute que les crétins vivent...

LE MYSTÈRE BIZET

Le long des berges vertes, la Seine clapote, joyeuse, tandis que ses flots renvoient au ciel la lumière d'un soleil neuf. Juin éclate.

Un homme marche...

Grand, massif, encombré de ses membres, les articulations douloureuses, il traîne une carcasse épuisée. Depuis des années, il besogne jour et nuit pour gagner sa vie ; deux décennies durant, il s'est élancé à la rencontre du succès ; récemment, il a investi ses forces dans la composition d'un opéra. Hélas, il semble abonné à l'échec.

Auprès de lui trottine Geneviève, sa ravissante épouse. Alors que son mari a quitté ce matin le lit où une angine infectieuse l'avait terrassé pendant quinze jours, l'élégante Parisienne, qui protège son teint de lys sous une voilette, ne parle que de son ombrelle récalcitrante, de son jupon sali par le pollen d'une fleur, de cette citronnade qu'elle voudrait boire, vite.

À son habitude, l'homme la rassure même si, en réalité, il perçoit mal ses plaintes dont les mots sont broyés par un bourdonnement continu. Voilà quelques heures qu'il souffre d'une surdité due à un abcès à l'oreille. Inquiétante maladie pour un musicien ? Non, affection salutaire pour un compositeur humilié qui ne souhaite entendre ni le vacarme des critiques ni le silence du public.

Il s'approche des flots.

— J'ai envie de plonger !

Une épouse attentionnée interdirait au convalescent de se tremper dans l'eau froide ; Geneviève, elle, hausse les épaules.

— Baigne-toi. Pendant ce temps, j'irai me chercher une citronnade. M'accompagnerez-vous, Élie ?

Élie Delaborde approuve en souriant d'une bouche gourmande. L'été précédent, ce beau gaillard sportif, pianiste, est devenu un familier du ménage et occupe une chambre dans leur villa de Bougival. La taille souple, les épaules larges, il s'éloigne avec elle.

Soulagé, l'homme regarde le fleuve en ami, se déshabille, dépose ses vêtements sur les buissons, abandonne le rivage.

Aussitôt des courants l'enserrent, glacés, hostiles. Se souvenant de sa force, il tente de résister, de nager où il le décide, mais ses muscles ne répondent pas, le souffle lui manque, sa poitrine brûle, son cœur accélère, sa bouche s'empâte, nauséeuse, comme si elle mâchait de la vase.

Effrayé par son impuissance, il rejoint la terre, se hisse sur le talus et frissonne longtemps. Très longtemps. Trop longtemps. Des tremblements amplifient la chair de poule, les contractions succèdent aux grelottements. La maladie reprend. Voire empire…

Trois jours après ce bain funeste, dans sa villa de Bougival, Georges Bizet entre en agonie.

Ce même soir de juin 1875, à Paris, une femme frémit, surexcitée, inquiète, nerveuse, désordonnée. Quoique quinze kilomètres la séparent du compositeur, elle a noué une relation télépathique avec lui ; non seulement Bizet s'est emparé de son gosier puisqu'elle le chante à l'Opéra-Comique, mais il emplit aussi son cœur puisqu'elle panique. Cette représentation de *Carmen* lui inflige le martyre ; devant le public, le personnage de la gitane, écrit pour elle, la tient debout, mais sitôt qu'elle retourne en coulisses, des sanglots la secouent sans qu'elle comprenne pourquoi. Malgré l'affolement de ses camarades, elle honore son rôle, assure le spectacle, courageuse, vaillante jusqu'au tableau final ; là, ainsi que le réclame l'histoire, elle défaille en recevant le poignard truqué de son partenaire, attend les ultimes accords de l'orchestre, se relève pour les applaudissements, salue, mais quand le rideau tombe, Célestine Galli-Marié s'effondre.

À cet instant, dans son lit, Georges Bizet rend son dernier soupir.

En fermant ses paupières sur le monde, il peut penser qu'il a raté sa vie autant que son œuvre.

Et pourtant…

Pourtant, cette existence, trente-six ans auparavant, elle avait bien commencé…

*

La musique rivalise avec la foudre : ne frappant jamais au hasard, elle choisit les points éminents. Ainsi, en 1838, elle vise le 26 rue de La Tour d'Auvergne à Paris et touche un couple de musiciens, madame Bizet, pianiste, et monsieur Bizet, professeur de chant, lesquels conçoivent un enfant entre deux gammes et trois vocalises.

Enthousiastes devant le résultat de leurs frottements, ils affublent le nourrisson de noms d'empereurs : Alexandre-César-Léopold. Puis, étrangement, deux ans plus tard, Alexandre-César-Léopold sera rebaptisé Georges. S'est-on moqué des parents ? Le bébé a-t-il démérité ? Nous l'ignorons… Cependant, puisque chacun de nous grandit sous la logique d'un prénom, ces errances n'aideront peut-être pas le garçon à trouver son identité par la suite.

Nourri de solfège au biberon, Georges entre dès l'âge de neuf ans au Conservatoire de Paris où il entame une scolarité brillante.

À dix-sept ans, il compose une symphonie. Ce fils prodige, pianiste virtuose, déchiffreur hors pair réduisant à vue sur son clavier des pages d'orchestre complexes, ne se cantonne pas à l'interprétation, il aspire à créer, il sent en lui quelque chose de grand, de fort, d'innovant qui l'appelle. Qu'est-ce qu'une vocation ? La promesse d'un rendez-vous avec soi-même…

Le sommet, il l'atteint d'emblée avec sa *Symphonie en ut*. L'étincelle fournie par un exercice scolaire a convoqué le feu qui sommeille au fond de l'artiste.

① *Symphonie en ut, 2ᵉ mouvement*

Comparée à celle du maître, Charles Gounod, cette symphonie se montre bien supérieure. Mais qui le sait ? Personne. Même pas Georges Bizet, puisqu'il ne la fera ni exécuter ni éditer. Telle une Belle au Bois dormant, cette symphonie digne de Haydn, de Mozart ou de Mendelssohn, sommeillera quatre-vingts ans dans un tiroir... jusqu'à ce qu'un monsieur Parker de Glasgow lui donne le baiser de la renaissance en la découvrant en 1935 aux archives du Conservatoire. Aujourd'hui, tous les chefs et tous les orchestres la jouent. À dix-sept ans, Bizet compose déjà des succès posthumes...

Pourquoi ? A-t-il cédé à un excès de modestie ? Non, car il est jeune – ce qui ne rend pas modeste – et il est français – ce qui disqualifie l'humilité. Mais justement, parce qu'il est jeune et français, il veut réussir en France ; et réussir en France à son époque oblige à régner au théâtre.

Georges Bizet enterre donc sa symphonie, et, tout en poursuivant une ascension académique qui le mène à la Villa Médicis, se présente à un concours d'opérette organisé par Jacques Offenbach, le riche fournisseur des plaisirs parisiens.

Devant 78 concurrents, il emporte le Premier Prix, ex aequo avec Charles Lecocq, futur auteur de *La fille de Madame Angot.* Il s'agit du *Docteur Miracle.*

Quel jeune homme doué !

Doué, mais dévoré par le souci de séduire... Alors que sa *Symphonie en ut* sentait le grand large, l'air pur du classicisme, ici, par opportunisme, il lui préfère un parfum plus commun, le parfum du Second

Empire, capiteux, quoiqu'un peu éventé, avec sa joliesse mignarde, son charme étriqué, son humour convenu.

S'enclenche le piège qui entravera Bizet : il écoute les autres au lieu de s'écouter. Briguant une victoire rapide, à l'affût d'applaudissements immédiats, il ignore que sa précipitation peut entraver sa vocation et qu'il trébuchera en montrant trop d'impatience à réussir.

D'ailleurs, qu'est-ce que réussir ?

Pour un artiste, c'est accoucher de l'œuvre belle, singulière et cohérente qu'il porte en lui. Or Bizet raisonne comme la petite bourgeoisie à laquelle il appartient : réussir, c'est décrocher la gloire et ramasser de l'argent.

Hélas, *Le Docteur Miracle* n'a droit qu'à onze représentations en avril 1857. Premier échec ! Un chemin de souffrances se dessine : Bizet prétend conquérir un public qui le boude.

À dix-sept ans, Bizet était un génie ; à dix-huit ans, il devient un frustré.

Son ambition nuit à sa spontanéité. Fruit des écoles, il apprend à créer sans inspiration, et, professionnel, procure de la musique à la demande. Pourtant, dans la solitude de sa chambre, il réfléchit, sonde, explore... Sa production de l'époque oscille entre mélodies éculées et travaux plus expérimentaux, telles ces *Variations chromatiques*, œuvre insolite que le pianiste Glenn Gould portait au pinacle, l'inscrivant parmi les meilleures pages de la littérature pianistique au XIXe siècle. Malgré son carriérisme avide, Bizet ne peut s'empêcher, par instant, de fureter du côté de Bizet.

② *Variations chromatiques, Le Thème, puis les sept premières variations enchaînées*

Bizet cherche et se cherche. Se présente-t-il déjà au rendez-vous avec lui-même ? Ces *Variations chromatiques*, passionnantes, surprenantes, étranges, inégales, désignent le bon chemin plus qu'elles ne l'empruntent résolument. Bizet s'abîme dans le doute. Que cache-t-il au fond de lui ? Y a-t-il même quelque chose ? Il prend conscience de son opportunisme : « Je finirai peut-être par contenter tout le monde, ou plutôt par ne contenter personne » (à sa mère, 5 février 1859). Quoique tenté par le grand opéra à la française, style Meyerbeer, le milliardaire des notes, il diagnostique en lui une autre sensibilité : « Je sens que ma nature me porte plus à aimer l'art pur et facile que la passion dramatique (...) Plutôt Raphaël et Mozart que Michel-Ange et Meyerbeer ! » (à sa mère, 8 octobre 1858).

Grave crise ! Il se méfie de son naturel, de son aisance, de sa facilité. Il ne s'aime plus. Or, en art, si l'on doit lutter contre ses défauts, on doit chérir ses qualités. Cocteau ne disait-il pas : « Ce qu'on te reproche, cultive-le, c'est toi » ?

Pour s'alimenter, Georges Bizet s'enrôle auprès des éditeurs comme esclave corvéable à merci, apte à fournir polkas, quadrilles, valses, mazurkas, danses pour trombones à pistons et grosses caisses, transcriptions signées, transcriptions non signées, réductions d'orchestres, corrections d'épreuves, arrangements de chansons à la mode pour demoiselles raides sur piano droit, bref, tout ce que le marché exige. Et, comme cela ne suffit pas, il donne des cours.

La vie du jeune Georges Bizet ne se passe pas à Paris mais en banlieue, au Vésinet.

Matériellement, ce n'est pas la misère mais sa banlieue, la gêne.

Professionnellement, ce n'est pas la gloire mais sa banlieue, l'estime.

Affectivement ? Ni romantique ni sentimental, Bizet s'enfonce dans un tourbillon de femmes ; au milieu des turbulences, il fabrique un enfant avec une domestique attachée au service de sa mère ; quoiqu'il ne reconnaisse pas son fils, il le fera vivre auprès de lui, ainsi que la bonne, jusqu'à la fin de ses jours. En outre, il développe une liaison avec Céleste Mogador, célèbre écuyère de cirque, ex-ouvrière brodeuse qui a su s'élever en s'allongeant. Ce n'est pas l'amour mais sa banlieue.

Et en art ? Là encore, rien de capital : ce n'est pas *Carmen* mais sa banlieue. De temps en temps en effet, on aperçoit au loin le chef-d'œuvre esquissé dans certaines pages, tels ces *Adieux de l'hôtesse arabe*, une réussite exceptionnelle.

③ *Mélodie Les Adieux de l'hôtesse arabe*

Carmen s'annonce dans chaque détail de cette mélodie. Le poème appartient au recueil *Les Orientales* de Victor Hugo mais Bizet découpe le poème, ôtant du texte les gémissements, les regrets, la mélancolie, l'attente du retour. Le voyageur et l'hôtesse arabe ne restent pas prisonniers de leur attirance, ils ne l'étendent pas au-delà de l'instant, ils consentent à l'éphémère... comme Carmen.

Loin de réduire cette femme à une prostituée, Bizet lui donne de la noblesse, de l'âme... comme à Carmen.

Enfin, Bizet use de l'exotisme – ici arabe – qui lui permet d'inventer une musique originale, syncopée, modulante, irrisée d'harmonies subtiles... comme dans *Carmen*.

Bizet, ce banlieusard si parisien qui désire réussir à Paris, ne parvient pas à écrire une histoire parisienne ! Son inspiration nécessite un ailleurs pour se déployer. Sans Orient, sans décalage, il n'entend pas sa musique. Les opéras ou les intermezzos scéniques qu'il va composer durant sa courte vie se logeront toujours au-delà de nos frontières : *Les Pêcheurs de perles* se déroule au Ceylan, *La Jolie Fille de Perth* en Écosse, *Djamileh* en Égypte, *Carmen* en Espagne, *L'Arlésienne* en Provence.

Pourquoi ?

Parce qu'il fuit la France pour se trouver.

Parce qu'il étouffe dans cette société industrielle qui s'étourdit avec les opérettes d'Offenbach que Bizet n'apprécie guère.

Parce que la nouvelle musique occupe un territoire vierge qu'il foulera en premier aventurier.

Parce que le meilleur moyen d'imposer au public des sonorités différentes, consiste à les justifier par la distance.

Ainsi, au rebours de tant d'autres, il ne met pas des éléments exotiques dans ses œuvres par réalisme ou pour préciser le documentaire en reproduisant un folklore authentique, non, au contraire, il construit un ailleurs. Ailleurs… là où sa musique existe, palpite… Un ailleurs qui gît en lui mais que, pour l'instant, insuffisamment concentré, il n'aperçoit pas et guette hors de lui…

Bizet joue de malchance : chaque fois, les livrets sur lesquels il travaille pèchent par médiocrité. Aurait-il dû les refuser ? Le pouvait-il ? Bizet accepte toutes les commandes et son arrivisme l'empêche d'y arriver.

Il rédige donc *Les Pêcheurs de perles*, succès d'estime auprès de la profession, insuccès public, puis *La Jolie Fille de Perth*, autre échec, lequel dispute au *Trouvère* de Verdi la palme de l'histoire la plus abjecte. Cependant Bizet y laisse quelques pépites, telle cette sérénade pour un ténor de grâce.

④ *La Jolie Fille de Perth, la sérénade de Smith, Acte II,*
« *À la voix d'un amant fidèle…* »

Voilà une très jolie romance.

Or, là se situe le drame de Bizet : à cette époque, il n'arrive qu'au « joli » car il sacrifie aux dieux du charme, du gracieux et de la roucoulade. Il appartient à l'école de son temps, l'école du mensonge. « Cette fois encore, j'ai fait des concessions que je regrette », confesse-t-il à un critique qui l'a torpillé, Johannes Weber.

Peu importe, la sérénade de l'amant est entendue : Georges Bizet se marie !

Le 3 juin 1869, il épouse Geneviève Halévy, la fille de Jacques Fromental Halévy, son professeur de composition, l'auteur du fameux opéra *La Juive*. Georges a connu Geneviève enfant, il la conquiert adulte : elle a vingt ans, il en a trente. Pour cet ambitieux, c'est un mariage miraculeux, car la famille Halévy, grande famille juive, compte dans la société française de l'époque.

D'ailleurs, la soudure ne s'est pas opérée aisément. Le clan Halévy décline ces fiançailles avec ce musicien sans le sou, puis les admet, puis les révoque pour unir Geneviève à un négociant en vin bordelais ; ensuite, comme l'affaire ne se conclut pas, il recède Geneviève à Georges, lequel n'ignorera jamais qu'il représente un choix par défaut et en gardera une blessure.

L'aime-t-il ? L'aime-t-elle ?

À travers ses lettres, Georges montre gentillesse et tendresse envers son épouse, s'efforçant de vivre selon l'amour.

Quant à elle, dans son journal ou dans sa correspondance, elle n'avoue jamais la moindre affection. Coquette égocentrique, mentalement instable, inconsciente comme une poupée, elle séduit sans donner. Les contemporains qui trouvaient son comportement malveillant tentaient de l'excuser en soutenant qu'elle restait trop détachée pour se montrer méchante. Marcel Proust, qui la connaîtra plus tard sous le nom de Madame Straus et s'en inspirera pour la duchesse de Guermantes, l'appellera « Votre Indifférence Souveraine ».

Pour cette raison peut-être, Georges Bizet s'absorbe dans son opéra, *Djamileh*... Il en comprend intimement la situation.

Dans son palais du Caire, Haroun, le sultan, aime une femme par mois ; Djamileh, jeune esclave, lui est servie pour ce mois-ci ; hélas, elle est tombée amoureuse de Haroun ; après quatre semaines, elle ne se rend pas compte que son temps s'achève, qu'elle va être remplacée.

Bizet transcrit sa vie privée dans cette œuvre : Djamileh, c'est lui, qui rêve d'amour ; Haroun, le sultan indifférent, c'est Geneviève qui ne s'engage pas. Protégé par le changement de sexe, Bizet nous offre un superbe duo sur l'incommunicabilité, sur l'impossible rapprochement entre deux êtres que n'habitent pas d'identiques attentes.

⑤ *Djamileh*
Duo de Djamileh et Haroun

Dans *Namouna*, le poème de Musset qui inspira la pièce, l'histoire finissait mal, le sultan poursuivant son chemin sans l'esclave. Ici, parce que nous sommes à l'Opéra-Comique de Paris, le librettiste a bricolé un dénouement heureux : Djamileh régnera sur le cœur du sultan – il faut correspondre aux critères de la maison...

Malgré la chute de *Djamileh* – une dizaine de représentations –, l'Opéra-Comique commande à Bizet une nouvelle œuvre : *Carmen.*

« La vocation est un torrent qu'on ne peut refouler, ni barrer, ni contraindre : il s'ouvrira toujours un passage vers l'océan », dit Ibsen. Cette fois se produit la métamorphose. Georges Bizet se présente au rendez-vous avec lui-même, il se libère des influences, repousse les diktats, s'écoute, ne se fie qu'à son instinct. Il inverse enfin les pôles de sa vie : se plaire à lui plutôt qu'aux autres, s'imposer sans flatter, ne pas prendre les gens comme ils sont mais les convaincre, voire les changer. Ainsi Bizet, qui obéissait naguère à ses commanditaires en acceptant concession après concession, se montre inflexible. Créer, ce n'est pas rappeler un air connu aux oreilles paresseuses, c'est accoster sur un continent vierge.

Un des deux directeurs prévient Bizet : *Carmen* ne convient pas à ce lieu. À l'Opéra-Comique, on se montre, on se fiance et l'on revient une fois marié. Voilà le théâtre de l'amour bourgeois. La salle Favart, coquette, fastueuse mais pas impressionnante, permet un certain écrémage par le prix de ses billets et quelques loges sont destinées à être louées pour les entrevues de mariage. Cette fonction matrimoniale de l'Opéra-Comique conditionne son répertoire : de la gaieté mais du bon ton, on s'aime proprement, on roucoule ; on se désaime proprement, on ne crie pas, et surtout on ne meurt pas sur cette scène. « La mort à l'Opéra-Comique ! Cela ne s'est jamais vu, jamais ! » hurle Adolphe de Leuwen, codirecteur, qui, en signe de protestation, démissionne.

Or Bizet a saisi que Carmen doit exister coûte que coûte, qu'elle offre le rendez-vous auquel il espérait se rendre depuis des années, qu'elle est son destin. Il bataille donc pour imposer l'histoire de cette bohémienne issue des bas-fonds, rouleuse de cigares, contrebandière, une femme qui change d'amants plus vite qu'elle ne change de jupons, et qui s'écroule, poignardée par un soldat déserteur.

Jusqu'ici, Bizet a perdu son temps parce qu'il voulait triompher en faisant comme les autres ; il ose maintenant réussir comme lui-même.

Ses librettistes, Meilhac et Halévy, deux rois du Boulevard, les partenaires habituels d'Offenbach, qui adaptent la nouvelle de Prosper Mérimée, lui avaient fourni un texte pour l'entrée de Carmen :

> *Hasard et fantaisie,*
> *Ainsi commencent les amours,*
> *Et voilà pour la vie,*
> *Ou pour six mois ou pour huit jours.*
>
> *Un matin sur sa route*
> *On trouve l'amour – Il est là.*
> *Il vient sans qu'on s'en doute*
> *Et sans qu'on s'en doute, il s'en va.*
>
> *Il vous prend, vous enlève,*
> *Il fait de vous tout ce qu'il veut.*
> *C'est un délire, un rêve*
> *Et ça dure ce que ça peut.*

Bizet refuse les vers. Ces quatrains cyniques transforment l'amour en rhume, en maladie bénigne qui indispose mais ne dure pas. Certes, ces couplets-là se chantent cigare aux lèvres, mais ce sont les lèvres d'un noceur blasé du Second Empire. Où est la femme ? Où est la bohémienne ? Où est le feu ? Nulle part.

Alors Bizet prend la plume et rédige lui-même, à quelques mots près, le poème définitif.

> *L'amour est un rebelle*
> *Et nul ne peut l'apprivoiser*
> *C'est en vain qu'on l'appelle*
> *Il lui convient de refuser.*
> *L'amour est enfant de Bohême*
> *Il ne connaît jamais de loi*
> *Si tu ne m'aimes pas, je t'aime !*
> *Si tu m'aimes, tant pis pour toi.*
> *L'oiseau que tu croyais surprendre*
> *Battit de l'aile et s'envola.*
> *L'amour est là, tu peux l'attendre*
> *Tu ne l'attends plus, il est là.*
> *Tout autour de toi, vite, vite,*
> *Il vient – il s'en va – puis revient,*
> *Tu crois le tenir – il t'évite –*
> *Tu crois l'éviter il te tient.*

Tout a changé. « Rebelle » devient l'idée principale. Une sauvage, hors-la-loi, entre en scène, pas une poseuse désabusée.

Puis, le texte achevé, Bizet se consacre à la musique. Il réalise une première version de cet air.

⑥ *Air d'entrée de Carmen, Version 1*
« *L'amour est un oiseau rebelle…* »

Célestine Galli-Marié, la chanteuse qui crée le rôle, fine mouche, demande à Bizet de réécrire cette entrée : cette bohémienne s'apparente à celles de

Verdi, ces mezzos autoritaires, inexorables, suffocantes d'aplomb, qui possèdent la féminité d'une femme à barbe.

En accord avec la sûre intuition de l'interprète, Bizet tolère cette remise en question, lui qui a refusé aux chœurs et à l'orchestre leurs exigences. Maintenant qu'il coïncide avec lui-même, il sait repérer les conseils pertinents. Il essaie, renonce, hésite, tâtonne, recommence treize fois, et trouve enfin : ce sera une danse ! Carmen ondulera, Carmen jouera des hanches, Carmen aura un corps, mieux, elle *sera* un corps, d'autant que la danse espagnole à l'époque propose le contraire de la rigide danse parisienne – sensuelle, canaille, elle use du bassin, de la jambe, de la cambrure.

Bizet croit varier une mélodie populaire qu'il connaît d'oreille alors qu'il s'agit d'une page, extraite d'un album, *Fleurs d'Espagne*, de Sebastian Yradier, le professeur de chant officiel de l'impératrice Eugénie, mort dix ans plus tôt.

⑦ *El Arreglito, la mélodie de Sebastian Yradier.*

Lorsque des collègues lui signalent son auteur, Bizet admet l'emprunt involontaire. Il a eu raison car la comparaison le flatte : chez le maître espagnol, la habanera reste lourde, maladroite harmoniquement, beaucoup moins réussie, comme si Yradier, l'auteur de l'original, avait copié ! Et mal copié !

Tandis que chez Bizet, le temps va se suspendre...

⑧ *Habanera de Carmen, Version définitive, Acte I, Carmen, « L'amour est un oiseau rebelle... »*

« Prends garde à toi ! »

Carmen tutoie. Qui ? Elle-même et tout le monde. Ce « tu », c'est le « tu » de Socrate, le « tu » du sage qui oblige les auditeurs à se sentir concernés. Incroyable tour de passe-passe : le spectateur croyait qu'une putain déboulerait ? Un philosophe surgit !

« Prends garde à toi ! » Carmen défie celui qui croit échapper aux lois de la nature. D'emblée, elle indique qu'il y a deux ordres : l'ordre de la société et l'ordre de la nature. L'ordre de la nature, c'est celui de nos corps, habités par des désirs changeants, corps qui pourchassent la jouissance. L'ordre de la société, c'est celui qui impose le mariage, la fidélité, les engagements indissolubles. Naïve société qui s'obstine à croire qu'on peut instaurer du fixe dans un monde en mouvement, qu'on fonde du permanent au sein d'un univers impermanent, candide société qui rêve de l'éternel alors que tout s'avère éphémère. L'ordre social édifie non seulement un ordre illusoire mais un ordre contre nature.

Voici la réussite suprême de Bizet : Carmen explique que tout s'inscrit dans l'instant, et l'exprime par le chant et la danse, deux arts qui n'existent que dans l'instant.

Attirée par Don José, Carmen le lui montre en lui jetant sa fleur, une rouge fleur de cassis. Don José appartient à l'armée, il représente l'ordre social, s'en porte garant et protecteur. Or cet ordre, Carmen le méprise. Si elle, l'anarchiste, désire ce lieutenant, elle ne cède pas au charme de l'uniforme, elle voit José nu sous l'uniforme. Complètement nu. D'ailleurs, elle n'aura de cesse de le déshabiller, coucher avec lui, le contraindre ensuite à déserter.

En lui manifestant son désir en public, Carmen inverse une autre norme, celle qui oppose le masculin et le féminin. Sa drague choque Don José mais le délivre. L'homme de devoir, fiancé par sa mère à la vertueuse Micaëla, se confronte impromptu à ses propres envies. Il va changer, s'épanouir…

Dans son air d'aveu, Don José nous bouleverse par la féminité que Carmen révèle en lui, cette féminité qu'après plusieurs semaines en prison il revendique sans vergogne, avec un mélange troublant de vaillance, de délicatesse et d'abandon.

⑨ *Air de Don José, Acte II, Carmen,*
« *La fleur que tu m'avais jetée…* »

Carmen continue à inverser les valeurs. Elle invite le soldat à la rejoindre dans son métier de contrebandière. Un métier ? Un accomplissement, puisqu'il s'agit de franchir les frontières, toutes les frontières.

Pour l'emmener dans son monde, elle le persuade de quitter la ville – le monde des hommes – pour regagner la nature. Il faut se rendre « là-bas là-bas » dans un univers vierge, non contaminé par les lois. « Là-bas là-bas » au-delà des casernes, des administrations, des tribunaux et des prisons… « Là-bas là-bas », loin de ce qu'il connaît et qui l'empêche de vivre. Fuir, à toute allure…

⑩ *Duo de Don José et Carmen, Acte II, Carmen,*
« *Non, tu ne m'aimes pas !* »

À l'acte suivant, Carmen n'aime plus Don José.
« Va rejoindre ta mère », lui lance-t-elle.
Elle s'isole et tire les cartes.
Voici les vers que Meillac et Halévy avaient livrés :

> *Mais qu'importe après tout si par cette menace*
> *Mon cœur n'est pas troublé*
> *Cette mort qui m'attend, je la regarde en face,*
> *Pourquoi se révolter ?*
> *Aucune force humaine*
> *Ne peut rien à cela.*

Carmen condescend à la mort et s'évertue à chasser la peur. Banal ! Là encore, Bizet, plus intime de son personnage que ses librettistes, réécrit leur texte :

> *En vain pour éviter les réponses amères,*
> *En vain tu mêleras,*
> *Cela ne sert à rien, les cartes sont sincères*
> *Et ne mentiront pas.*

Dans ce poème se retrouve le tutoiement de l'entrée : ce que Carmen chante vaut pour chacun, pas uniquement pour elle.

Ensuite, la bravoure se déplace : ce n'est plus le courage d'affronter la mort, c'est celui de perdre une illusion, l'illusion de la liberté.

Les partisans de la liberté croient qu'ils interviennent dans leur vie, qu'ils la changent au gré de leur volonté, qu'ils la maîtrisent. Les partisans du destin, eux, estiment que ce que nous croyons décider a été conditionné par le hasard, les pulsions, les circonstances, bref que la liberté se réduit à un fantasme de la conscience.

Ici, Carmen, elle, accepte le destin. Son courage réside là.

⑪ Air des Cartes, Acte III, Carmen
« En vain pour éviter… »

Or Carmen ne peut à la fois clamer sa liberté et dire que tout relève du destin. Une liberté soumise à la fatalité ? Cela ressemble à un poisson soluble, une contradiction…

En fait, quand Carmen parle de *liberté*, elle évoque la *libération* : couper les chaînes pour devenir soi-même. Carmen s'émancipe de l'ordre collectif, hiérarchique, idéologisé, machiste, bardé de contre-vérités, qui nous persuade que cet individu importe plus que ce quidam, qu'une femme doit dissimuler ses appétits, qu'un désir sexuel dure une vie entière sans varier ni disparaître, cet ordre ankylosé qui refuse le changement, le mouvement, la fluidité, l'éphémère, cet ordre castrateur qui préfère la chasteté au plaisir, la rétention à la jouissance, bref cet immense mensonge qui nous empoisonne et nous amoindrit.

Carmen s'affranchit de la société pour mieux se soumettre à la nature. Au désir nu. À la mort nue.

Le Mystère Bizet

La gitane ne se contredit donc pas : la liberté, c'est la libération. Authentique, Carmen s'éloigne des normes humaines pour épouser les lois de la nature. Se libérer ne consiste pas à échapper à son destin. Se libérer revient à reconnaître, une fois les fumées culturelles repoussées, que le destin règle tout. Carmen pratique la lucidité fataliste.

Le dernier acte débute et c'est une corrida. Nous assisterons à deux mises à mort : celle du taureau, celle de Carmen, deux bêtes sauvages, fières, auxquelles les hommes imposent un combat.

L'action se déroule avec une cruauté implacable sur une place de Séville.

Par un coup de génie théâtral, Bizet nous propose deux arènes : la véritable que nous entendons, la symbolique que nous voyons. Derrière les murs du décor se tapit l'arène réelle, invisible, celle où Escamillo défie le taureau sous les vivats du public ; sur scène s'étale l'arène visible, l'espace où Don José affronte la gitane.

La force de ce final tient aux couleurs de la corrida, à sa gaieté fatale, à sa liesse insouciante. Carmen ou le taureau n'éprouvent aucune angoisse de la mort. La musique vibre, chante, pète, parfois raffinée, parfois clinquante, lyrique, claire, sombre et puis délicieusement vulgaire, anticipant ce goût du *populaire* que développeront plus tard Stravinsky et le groupe des Six, une musique qui respire la vie jusqu'au bout.

⑫ *Duo final de Carmen et Don José, Acte IV, Carmen,*
« C'est toi ? C'est moi ! »

À la première de *Carmen*, la presse réagit avec indignation. Vous imaginez, des Roms à l'Opéra-Comique ! On hurle contre l'immoralité de la gitane et du déserteur, on s'offusque devant cette femme : « L'état pathologique de cette malheureuse, vouée sans trêve ni merci aux ardeurs de la chair, est un cas rare heureusement, plus fait pour inspirer la sollicitude des médecins que pour intéresser d'honnêtes spectateurs venus à l'Opéra-Comique en compagnie de leurs femmes et de leurs filles », et l'on propose de « l'enfermer dans une camisole de force après l'avoir rafraîchie d'un pot à eau versé sur sa tête ». On dénonce un « civet sans lièvre », un « barnum tragique », on renomme l'œuvre « L'amour à la castagnette », on dénonce l'excessive complication de l'harmonie en affirmant qu'on sort de *Carmen* sans garder un seul air en tête. Le directeur, lâche, se défausse et se plaint même d'une migraine provoquée par cette « musique cochinchinoise ».

Aujourd'hui, nous nous divertissons en lisant le dossier critique de *Carmen* : il offre une anthologie de l'imbécillité.

Toutefois, Georges Bizet, lui, n'en rit pas. Alors que, enfin focalisé sur l'essentiel, rigoureux, intransigeant, il croyait avoir réussi son œuvre, elle provoque un scandale et s'annonce comme un échec.

Un de plus.

Il n'a connu que cela…

Exténué, il pleure, il souffre, il tombe malade.

*

Le Mystère Bizet

Le long des berges vertes, la Seine clapote, joyeuse, tandis que ses flots renvoient au ciel la lumière d'un soleil neuf. Juin éclate.

Un homme marche...

Qui a écrit *Carmen* ?

Pas lui, pas ce promeneur de Second Empire... Selon moi, c'est Mozart, le Mozart de *Don Giovanni,* qui est revenu sur terre pour composer cette musique gaie, pure, vitale. Quant au livret, il a été rédigé par un contemporain que Bizet ne connaît pas, mais qui va bientôt l'adorer : le philosophe Friedrich Nietzsche. Celui-ci guérit de Wagner par Bizet, guérit du Nord par le Sud, guérit de la brume par le soleil, guérit de la sentimentalité romantique par la sauvagerie implacable de la gitane. Dans ses lettres à Peter Gast puis dans *Le Cas Wagner* (1888), il s'enthousiasme pour cette « sensibilité plus méridionale, plus brunâtre, plus hâlée, qui n'est sans doute pas compréhensible à partir de l'humide idéalisme du Nord. La chance africaine, la gaieté fataliste, avec des yeux séducteurs, profonds, épouvantables ; la mélancolie lascive de la danse mauresque ; la passion étincelante, aiguë et soudaine, tel un poignard, et des odeurs émanant du jaune après-midi de la mer. »

Carmen, en effet, est le surhomme nietzschéen, le fort, innocent, cruel, sans attaches au passé, dépourvu d'appréhensions concernant l'avenir, l'être solaire qui s'affirme totalement dans l'instant. Carmen brûle, se consume et nous éclaire. Elle s'offre au destin. Mieux : elle incarne le destin. Car son trajet ne consiste pas en un refus du changement en s'accrochant à des éternités métaphysiques ni à une marche prudente pour éviter le néant, non, c'est une course à la vie, une succession de chants, de danses, de fêtes, de plaisirs, de ruses, avec vivacité, les pieds légers, dans l'ardeur et l'allégresse. *Amor fati*, amour du destin : non seulement tout ce qui est est nécessaire, mais, en plus de le supporter, elle l'aime.

Si Carmen représente le fort nietzschéen, Don José incarne le faible : il craint tout tandis que Carmen n'a peur de rien. Prisonnier des règles, empêtré dans une routine morale, il ne distingue pas l'amour de la possession et, au fond, ni n'aime ni ne possède. Dès que Micaëla, la fade blonde à laquelle il est promis, lui rappelle qu'au village sa mère souffrante l'attend, il quitte la gitane. Il ne fait rien complètement : ni le fiancé, ni l'amant, ni le fils ; ni le soldat, ni le contrebandier, ni le déserteur. Traître exhaustif, Don José n'arrive jamais à être authentiquement lui-même. À chaque instant, au lieu de ressentir intensément ce que le présent lui offre, il s'évade dans le passé ou dans le futur : pendant son service à Séville, il éprouve la nostalgie de son village natal ; emprisonné, il fantasme sur Carmen ; la rejoignant enfin, il la quitte aussitôt parce que les canons de la retraite sonnent ; répudié, il rabâche sa mélancolie. Frustré perpétuel, crevant d'amour-propre plus que d'amour, il déteste Carmen de l'avoir rejeté et considère Escamillo, le torero qui lui succède, comme un rival. Pétri de rancœur, il s'affirme l'homme du ressentiment, tel que le décrit Nietzsche dans *La Généalogie de la morale*. Au fond, il ne poignarde pas Carmen par violence ou par excès de force, mais par débilité.

La mort de Carmen ne nous émeut pas davantage qu'elle ne nous attriste : elle nous galvanise ! Nous apprécions que Carmen périsse parce qu'à ce prix seul elle demeure intègre, rigoureuse. « Frappe-moi donc, ou laisse-moi passer ! » Si elle avait transigé, elle se serait reniée. Don José, elle ne l'a pas emmiellé de fausses promesses puisque, dans son entrée, elle lui avait annoncé qu'elle aimait juste le temps que dure l'amour rebelle. Quelle cohérence ! nous exclamons-nous avec admiration en éprouvant une joie sauvage, proche de la sienne, l'euphorie que provoque un comportement stoïque. Sans concessions, libre elle est née, libre elle vit, libre elle meurt. Nous ne voyons pas une victime trépasser, ni une méchante subir son châtiment, non, nous contemplons une héroïne, une héroïne de la vérité, une martyre de l'authenticité.

Carmen ne pleure pas et ne fait pas pleurer. Carmen ne se plaint pas, nous ne la plaignons jamais. Carmen n'éprouve pas plus de pitié qu'elle n'en provoque. Elle dément les anthropologues qui repèrent dans le chant une sublimation du cri, du gémissement ou du sanglot.

Friedrich Nietzsche encense la musique, annote la partition, mais commente assez peu le livret. Pourtant, celui-ci s'avère intégralement nietzschéen et Carmen demeure la seule incarnation, dans toute l'histoire littéraire, du surhomme nietzschéen. Écoutez : « Là-bas, là-bas dans la montagne, le ciel ouvert, la vie errante, avec pour pays l'univers et pour loi la volonté. » Signé Nietzsche, non ? Jusqu'à mon dernier jour je me demanderai comment Meillac et Halévy, ces deux rois du Boulevard, ont su inventer ces vers qui dynamitent le ciel. Normal au fond que Nietzsche, modestement, ne s'attarde pas sur l'anecdote, les personnages et le texte : ils viennent de lui !

Rendons donc à César ce qui revient à César : *Carmen*, c'est l'opéra dont Nietzsche a écrit le livret et Mozart la musique.

Bizet se penche vers l'eau. Il va mieux, ce samedi. L'onde file, fraîche, vive, rapide, tonique, comme sa musique. Pourquoi ne pas y plonger ? Tant pis pour son oreille purulente.

Le Bizet dépressif, celui qui a gardé le lit, celui qui ressasse son échec et éprouve de la honte, c'était le Bizet d'avant, c'était Don José. Aujourd'hui, un Bizet fier, primitif, se dénude, écoute son corps, adhère à l'univers renaissant – fi des conséquences ! Ce Bizet-là ressemble à Carmen.

Manque-t-il à ce point de jugement en descendant dans l'eau froide ? Veut-il finir par un bain glacial ce que la maladie n'a su achever ? En vérité, il ne calcule pas : il a envie, il agit à sa guise…

Sa femme, Geneviève l'indifférente, ne le retient pas ; Élie Delaborde non plus. Pourquoi ? Cet homme séduisant serait-il davantage l'amant de madame que l'ami de monsieur, comme le prétendent les mauvaises langues ? En tout cas, un an plus tard, Geneviève, veuve Bizet, et Élie Delaborde signent un document : un contrat de mariage. Il y a des meurtres qui se déguisent en suicides…

Carmen se jette sur le poignard, mais Don José a sorti le poignard. Qui a fait quoi ? Qui provoque qui ?

Accident, suicide, meurtre ? Peu importe les mots ! Pour Bizet, c'est la vie qui s'affirme, et tant pis si c'est la mort qui vient. Bizet se jette à l'eau, Bizet épouse son destin : Bizet est enfin devenu Carmen.

LA PLAYLIST DU LIVRE

Wolfang Amadeus Mozart

1. *Les Noces de Figaro* (*Le Nozze di Figaro*), K. 492
Acte III, Air de la Comtesse : « *Dove sono i bei momenti.* »

2. *Les Noces de Figaro* (*Le Nozze di Figaro*), K. 492
Acte I, Air de Chérubin : « *Non so più cosa son, cosa faccio.* »

3. *Les Noces de Figaro* (*Le Nozze di Figaro*), K. 492
Acte IV, Air de Barberine : « *L'ho perduta, me meschina !* »

4. *Ave verum corpus*, K. 618.

5. *Concerto pour clarinette en* la *majeur*, K. 622
2e mouvement : *Adagio*.

6. *Une petite musique de nuit* (*Eine Kleine Nachtmusik*) *en* sol *majeur*, K. 525
4e mouvement : *Rondo Allegro*.

7. *Concerto pour violon nº 3 en* sol *majeur*, K. 216
2e mouvement : *Adagio*.

8. *Cosí fan tutte*, K. 588
Acte I, Trio de Fiordiligi, Dorabella et Don Alfonso : « *Soave sia il vento.* »

9. *Quatuor nº 15 en* ré *mineur*, K. 421
1er mouvement : *Allegro*.

10. *Grande Messe en ut mineur*, K. 427
Credo : « *Et incarnatus est.* »
11. *Concerto pour piano n° 21 en ut majeur*, K. 467
2ᵉ mouvement : *Andante.*
12. *La Flûte enchantée (Die Zauberflöte)*, K. 620
Acte I, Duo de Pamina et Papageno : « *Bei Männern, welche Liebe fühlen.* »
13. *La Flûte enchantée (Die Zauberflöte)*, K. 620
Acte I, Extrait du Finale : « *Zum, Ziele führt dich diese Bahn.* »
14. *La Flûte enchantée (Die Zauberflöte)*, K. 620
Acte I, Extrait du Quintette de Tamino, Papageno et les trois dames : « *Hm ! hm ! hm ! hm !* »
15. *La Flûte enchantée (Die Zauberflöte)*, K. 620
Acte II, Extrait du Finale : « *Bald prangt, den Morgen zu verkünden.* »
16. *La Flûte enchantée (Die Zauberflöte)*, K. 620
Acte I, Extrait du Quintette de Tamino et Papageno : « *Drei Knaben, jung, schön, hold und weise.* »

Ludwig van Beethoven

1. *Ouverture de Coriolan en* ut *mineur, op. 62.*
2. *Symphonie n° 5 en* ut *mineur, op. 67*
1er mouvement : *Allegro con brio.*
3. *Symphonie n° 9 en* ré *mineur, op. 125* « *avec chœur* »

4e mouvement : *Presto – Allegro ma non troppo – Vivace – Adagio cantabile – Allegro – Allegro moderato – Allegro.*

4. *Fidelio, op. 72*

Acte II : extrait du Finale : « *O Gott ! O Gott ! welch ein Augenblick.* »

5. *Concerto pour piano n° 4 en* sol *majeur, op. 58*

2e mouvement : *Andante con moto.*

6. *Quatuor à cordes n° 15 en* la *mineur, op. 132*

3e mouvement : *Canzone di ringraziamento, Molto adagio :* « *Heiliger Dankgesang eines Genesenen an die Gottheit, in der lydischen Tonart* » (*Chant d'action de grâces sacrée d'un convalescent à la Divinité, sur le mode lydien*).

Georges Bizet

1. *Symphonie en* ut
2ᵉ mouvement : *Adagio.*
2. *Variations chromatiques*, Thème, Var. 1, Var. 2, Var. 3, Var. 4, Var. 5, Var. 6, Var. 7.
3. *Adieux de l'hôtesse arabe.*
4. *La Jolie Fille de Perth*, la sérénade de Smith, Acte II : « *À la voix d'un amant fidèle.* »
5. *Djamileh*, duo de Djamileh et Haroun.
6. *Carmen*
Acte I, Carmen, Cigarières, Jeunes gens et Dragons : « *L'amour est un oiseau rebelle* » [Habanera].
7. *El Arreglito.*
8. *Carmen*
Acte I, Carmen et Chœur : « *L'amour est un oiseau rebelle* » [Habanera].
9. *Carmen*
Acte II : « *La fleur que tu m'avais jetée.* »
10. *Carmen*
Acte II, duo de Carmen et Don José : « *Non, tu ne m'aimes pas.* »
11. *Carmen*
Acte III, trio : « *En vain pour éviter.* »

12. *Carmen*
Acte IV, duo de Carmen et Don José et Chœur final : « *C'est toi ? C'est moi !* »

Eric-Emmanuel Schmitt
au Livre de Poche

Concerto à la mémoire d'un ange — n° 32344

Quel rapport entre une femme qui empoisonne ses maris et un président de la République amoureux ? Quel lien entre un marin et un escroc international ? Par quel miracle une image de sainte Rita, patronne des causes désespérées, devient-elle le guide mystérieux de leurs existences ?

Les Deux Messieurs de Bruxelles — n° 33468

Cinq nouvelles sur le mystère des sentiments inavoués. Une femme gâtée par deux hommes qu'elle ne connaît pas. Un médecin qui se tue à la mort de son chien. Un mari qui rappelle constamment sa nouvelle compagne au respect de l'époux précédent. Une mère généreuse qui se met à haïr un enfant. Un couple dont le bonheur repose sur le meurtre.

Les dix enfants que madame Ming n'a jamais eus — n° 33579

Le narrateur, un voyageur de commerce français qui passe régulièrement en Chine, entame un dialogue avec Mme Ming. Travaillant au sous-sol du Grand Hôtel, cette femme se vante d'élever dix enfants ! Comment, dans un pays où la loi impose l'enfant unique, une telle famille nombreuse peut-elle voir le jour ? Mme Ming dissimule-t-elle un secret ?

L'Élixir d'amour n° 33980

Anciens amants, Adam et Louise vivent désormais à des milliers de kilomètres l'un de l'autre, lui à Paris, elle à Montréal. Ils entament une correspondance, où ils évoquent les blessures du passé et leurs nouvelles aventures, puis se lancent un défi : provoquer l'amour. Mais ce jeu ne cache-t-il pas un piège ?

L'Enfant de Noé n° 30935

1942. Joseph a 7 ans. Séparé de sa famille, il est recueilli par le père Pons, un homme simple et juste. Mais que tente-t-il de préserver, tel Noé, dans ce monde menacé par un déluge de violence ?

L'Évangile selon Pilate suivi du *Journal
d'un roman volé* n° 15273

Première partie : dans le Jardin des oliviers, un homme attend que les soldats viennent l'arrêter pour le conduire au supplice. Deuxième partie : trois jours plus tard, Pilate dirige la plus extravagante des enquêtes policières.

La Femme au miroir n° 33060

Anne vit à Bruges au temps de la Renaissance, Hanna dans la Vienne impériale de Sigmund Freud, Anny à Hollywood aujourd'hui. Trois femmes dans trois époques différentes qui vont néanmoins se tendre la main… Et si c'était la même ?

Georges et Georges n° 33465

Après quelques années de vie commune, Marianne et Georges ne se supportent plus. Grâce au docteur Galopin, spécialisé en électromagnétisme, ils vont chacun être mis en face de leur rêve... Et devront le cacher à l'autre ! Le cauchemar commence. Une comédie déjantée sous le signe de Feydeau.

Lorsque j'étais une œuvre d'art n° 30152

Le calvaire d'un homme qui devient son propre corps, un corps refaçonné en œuvre d'art au mépris de tout respect pour son humanité.

Milarepa n° 32801

Simon fait chaque nuit le même rêve, terrible et incompréhensible... Dans un café, une femme énigmatique lui en livre la clef : il est la réincarnation de l'oncle de Milarepa, le célèbre ermite tibétain du XIe siècle...

Monsieur Ibrahim et les fleurs du Coran n° 32521

Momo, un garçon juif de 12 ans, devient l'ami du vieil épicier arabe de la rue Bleue. Mais les apparences sont trompeuses : monsieur Ibrahim n'est pas arabe, la rue Bleue n'est pas bleue, et la vie ordinaire peut-être pas si ordinaire...

La Nuit de feu n° 34355

À vingt-huit ans, Eric-Emmanuel Schmitt entreprend une randonnée dans le grand Sud algérien. Au cours de l'expédition, il s'égare dans l'immensité du Hoggar. Sans eau ni vivres durant la nuit glaciale, il n'éprouve pourtant nulle peur et sent au contraire se soulever en lui une force brûlante. Le philosophe rationaliste voit s'ébranler toutes ses certitudes.

Odette Toulemonde et autres histoires n° 31239

La vie a tout offert à l'écrivain Balthazar Balsan et rien à Odette Toulemonde. Pourtant, c'est elle qui est heureuse. Leur rencontre fortuite va bouleverser leur existence.

La Part de l'autre n° 15537

8 octobre 1908 : Adolf Hitler est recalé. Que se serait-il passé si l'école des Beaux-Arts de Vienne en avait décidé autrement ? Que serait-il arrivé si le jury avait accepté Adolf Hitler, flatté puis épanoui ses ambitions d'artiste.

Les Perroquets de la place d'Arezzo n° 33867

Autour de la place d'Arezzo se croisent le fonctionnaire et l'étudiant, le bourgeois et l'artiste, la poule de luxe et la veuve résignée, ou encore la fleuriste et l'irrésistible jardinier municipal. Un jour, chacun reçoit une lettre, mystérieuse, identique : « *Ce mot simplement pour te signaler que je t'aime. Signé : tu sais qui.* »

Le Poison d'amour n° 33983

Quatre adolescentes sont liées par un pacte d'amitié éternelle. Elles ont seize ans et sont avides de découvrir le grand amour. Chacune tient un journal dans lequel elle livre son impatience, ses désirs, ses conquêtes, ses rêves. Au lycée, on s'apprête à jouer *Roméo et Juliette*, tandis qu'un drame se prépare.

La Rêveuse d'Ostende n° 31656

Cinq histoires — « La rêveuse d'Ostende », « Crime parfait », « La guérison », « Les mauvaises lectures », « La femme au bouquet » — suggérant que le rêve est la véritable trame qui constitue l'étoffe de nos jours.

La Secte des Égoïstes n° 14050

À la Bibliothèque nationale, un chercheur découvre la trace d'un inconnu, Gaspard Languenhaert qui, au XVIIIe siècle, soutint la philosophie « égoïste ». Selon lui, le monde extérieur n'a aucune réalité et la vie n'est qu'un songe. Intrigué, le chercheur part à la découverte d'éventuels documents.

Si on recommençait n° 33576

Alexandre revient dans la maison de sa jeunesse. Par un phénomène étrange, il se retrouve face à son passé lors d'une journée cruciale. Quarante ans après, il revoit le jeune homme qu'il était… Prendrait-il les mêmes décisions maintenant qu'il connaît son existence ?

Le sumo qui ne pouvait pas grossir n° 33207

Sauvage, révolté, Jun promène ses quinze ans dans les rues de Tokyo, loin d'une famille dont il refuse de parler. La rencontre avec un maître du sumo, qui décèle un « gros » en lui malgré son physique efflanqué, va l'entraîner dans la pratique du plus mystérieux des arts martiaux.

Théâtre 1 n° 15396

Ce premier volume comprend les pièces suivantes : *La Nuit de Valognes, Le Visiteur, Le Bâillon, L'École du diable.*

Théâtre 2 n° 15599

Ce deuxième volume comprend les pièces suivantes : *Golden Joe, Variations énigmatiques, Le Libertin.*

Théâtre 3 n° 30618

Ce troisième volume comprend les pièces suivantes : *Frédérick ou le Boulevard du Crime, Petits crimes conjugaux, Hôtel des deux mondes.*

Théâtre 4 n° 34263

Ce quatrième volume comprend les pièces suivantes : *La Tectonique des sentiments, Kiki van Beethoven, Un homme trop facile, The Guitrys, La Trahison d'Einstein.*

Ulysse from Bagdad n° 31987

Saad Saad, Espoir Espoir en arabe, fuit Bagdad et souhaite regagner l'Europe, mais la difficulté de passer les frontières rend son voyage compliqué.

*Du même auteur
aux Éditions Albin Michel :*

Romans

LA SECTE DES ÉGOÏSTES, 1994.
L'ÉVANGILE SELON PILATE, 2000, 2005.
LA PART DE L'AUTRE, 2001, 2005.
LORSQUE J'ÉTAIS UNE ŒUVRE D'ART, 2002.
ULYSSE FROM BAGDAD, 2008.
LA FEMME AU MIROIR, 2011.
LES PERROQUETS DE LA PLACE D'AREZZO, 2013.
LA NUIT DE FEU, 2015.
L'HOMME QUI VOYAIT À TRAVERS LES VISAGES, 2016.

Nouvelles

ODETTE TOULEMONDE ET AUTRES HISTOIRES, 2006.
LA RÊVEUSE D'OSTENDE, 2007.
CONCERTO À LA MÉMOIRE D'UN ANGE, Goncourt de la nouvelle, 2010.
LES DEUX MESSIEURS DE BRUXELLES, 2012.
L'ÉLIXIR D'AMOUR, 2014.
LE POISON D'AMOUR, 2014.
LA VENGEANCE DU PARDON, 2017.

Le Cycle de l'invisible

MILAREPA, 1997.
MONSIEUR IBRAHIM ET LES FLEURS DU CORAN, 2001.
OSCAR ET LA DAME ROSE, 2002.
L'ENFANT DE NOÉ, 2004.
LE SUMO QUI NE POUVAIT PAS GROSSIR, 2009.
LES DIX ENFANTS QUE MADAME MING N'A JAMAIS EUS, 2012.

Essais

DIDEROT OU LA PHILOSOPHIE DE LA SÉDUCTION, 1997.
MA VIE AVEC MOZART, 2005.
QUAND JE PENSE QUE BEETHOVEN EST MORT ALORS QUE TANT DE CRÉTINS VIVENT…, 2010.
PLUS TARD, JE SERAI UN ENFANT (entretiens avec Catherine Lalanne), éditions Bayard, 2017.

Beau livre

LE CARNAVAL DES ANIMAUX, musique de Camille Saint-Saëns, illustrations de Pascale Bordet, 2014.

Théâtre

Le Grand Prix du Théâtre de l'Académie française a été décerné à Eric-Emmanuel Schmitt pour l'ensemble de son œuvre.

LA NUIT DE VALOGNES, 1991.
LE VISITEUR (Molière du meilleur auteur), 1993.
GOLDEN JOE, 1995.
VARIATIONS ÉNIGMATIQUES, 1996.
LE LIBERTIN, 1997.

Frédérick ou le Boulevard du Crime, 1998.
Hôtel des deux mondes, 1999.
Petits crimes conjugaux, 2003.
Mes Évangiles *(La Nuit des Oliviers, L'Évangile selon Pilate)*, 2004.
La Tectonique des sentiments, 2008.
Un homme trop facile, 2013.
The Guitrys, 2013.
La Trahison d'Einstein, 2014.
Georges et Georges, Le Livre de Poche, 2014.
Si on recommençait, Le Livre de Poche, 2014.

Site Internet : eric-emmanuel-schmitt.com

Composition réalisée par PCA

Achevé d'imprimer en septembre 2017 en Italie par
Léga
Dépôt légal 1re publication : novembre 2017
Librairie Générale Française
21, rue du Montparnasse – 75298 Paris Cedex 06

89/1129/3